思い出トランプ
―― 向田邦子 ――

回忆，扑克牌

〔日〕向田邦子 著　姚东敏 译

人民文学出版社
PEOPLE'S LITERATURE PUBLISHING HOUSE

著作权合同登记号　图字 01-2021-2947

OMOIDE TRUMP
by Kuniko MUKOUDA

Copyright © 1980 by Kazuko MUKOUDA
First published in Japan in 1980 by SHINCHOSHA Publishing Co., Ltd.
Simplified Chinese translation rights arranged with SHINCHOSHA Publishing Co., Ltd.
through Japan Foreign-Rights Centre/Bardon-Chinese Media Agency
Simplified Chinese edition copyright © 2021 by Shanghai 99 Readers' Culture Co., Ltd.
All rights reserved.

图书在版编目(CIP)数据

回忆，扑克牌/(日)向田邦子著；姚东敏译．—
北京：人民文学出版社，2021(2024.4 重印)
（短经典精选）
ISBN 978-7-02-013990-3

Ⅰ.①回… Ⅱ.①向… ②姚… Ⅲ.①短篇小说-小
说集-日本-现代 Ⅳ.①I313.45

中国版本图书馆 CIP 数据核字(2018)第 054960 号

总 策 划　黄育海
责任编辑　陈　旻
特约策划　李　殷　骆玉龙

出版发行　人民文学出版社
社　　址　北京市朝内大街 166 号
邮政编码　100705

印　　刷　凸版艺彩(东莞)印刷有限公司
经　　销　全国新华书店等

开　　本　890 毫米×1240 毫米　1/32
印　　张　5.5
字　　数　102 千字
版　　次　2011 年 11 月北京第 1 版
印　　次　2024 年 4 月第 3 次印刷

书　　号　978-7-02-013990-3
定　　价　55.00 元

如有印装质量问题，请与本社图书销售中心调换。电话：010-65233595

SHORT CLASSICS
短经典精选

目 录

001	水獭
014	慢坡
027	格窗
040	五花肉
055	曼哈顿
069	狗窝
081	男眉
094	萝卜之月
106	苹果皮
118	酸味家族
131	耳
143	花的名字
156	Doubt

水　獭

香烟从指尖掉落，周一薄暮时分。

此时，宅次正坐在廊下，抽着烟眺望庭院。妻子厚子在客厅叠着洗晒好的衣物，还是那事，一遍遍老调重弹。

对于是否在刚满两百坪的院子里建公寓一事，夫妻二人意见出现分歧。厚子在不动产公司的怂恿下，倾向于建，宅次则认为等退休后再议更好。此时距他退休尚有三年之期。

这是以栽花种草为乐的父亲遗留下来的房子，房子本身虽不怎么好，院子却弥足珍贵。宅次每天下班后径直返回家中，坐在廊下抽支烟望望院子，已成惯例。

每当看到如同翻阅日历般随季节更改容颜的庭院树、丛生的杂草以及悄然伫立的小小的五层石塔隐没在薄墨化开的夜色中，一个半小时的上班路程也不觉辛苦了。对那个偏离了出人头地之道、名为公文课长的位子也没了脾气，内心生出我真正的位子是在这廊下之感。

厚子似乎也捉摸得出丈夫的心情，总是说上三言两语便知趣地退下，偏偏今日纠缠不休。宅次也用平日未有的尖锐声音回说："公寓什么的要真建起来，我可就不工作了啊。"

香烟从指尖掉落，正是这个时候。

或许是风的缘故吧。

忽而有了一阵风来，吹得身体微微摇晃的感觉。

"是有风吧。"

宅次嗫嚅道。

"没什么风吧。要是有风，洗的衣服早该干了啊。"

厚子走到廊下，吐舌舔了舔自己的食指，将它像支蜡烛般直直地竖在那里。

"没什么风哦。"

厚子比宅次小九岁，或许也有身无所出的关系，言行举止有时表现出与其年龄不相称的调皮来。看到她那宛如西瓜籽般闪着黑色光芒的小眼睛为自己感兴趣的事物而兴奋跃动，宅次过了良久才开口说香烟的事。

人到中年。手脚都有麻痹之感。是哪个药品的广告吧，里面有这抱怨，宅次边想边从放鞋的石板上捡起燃着一缕细烟的香烟。稍有戴着手套抓东西似的隔层感。

事后想来，这正是最初的预兆。

事后过了几天吧，工作中，次长冷不防出现在眼前，竟然想不起他叫什么名字了。是当天还是次日来着，宅次应酬时喝了酒，乘出租车回家时，从下车的一刹那，人就像断了线的扯线木偶，浑身乏力，一屁股坐到了地上。司机帮忙扶他起来，他很快就恢复了正常，但那也就是前兆。

香烟从指尖掉落后一周，宅次一起床就去拿早报，刚返回茶室，一把抓住拉门的门框就不省人事了。

脑中风发作了。

脑子里蛴螬虫[1]在鸣叫。

倒下有一个月了，蛴螬虫在宅次的颅内后脑勺正中"唧唧、唧唧"一阵阵鸣叫。

失去意识也就是一个小时左右，尽管如此，他的右半身还是落下了轻微麻痹。拄着拐杖好歹能行走，但右手还握不住筷子。

厚子哼着小曲。

宅次倒下后，厚子时常哼起小曲。这病没什么大不了的啊。肯定过不了几天就会好起来的哦。我绝不会悲观叹气的呀。取而代之则是看到了她哼歌。

---

[1] 金龟子的幼虫。

厚子原本就勤勉，宅次因病停职，醒来睡去昏昏沉沉的，她出现在宅次面前的次数更多了，经常帮着宅次翻动一下身体。厚子坐着时，不是在剥豆荚就是在钩花，手不停歇。即便无事可做时，她的眼睛也总是骨碌碌动个不停。

玄关好像有人前来。似乎是汽车销售员。一家之主倒下了，哪是买车的时候啊，宅次侧耳倾听厚子是否这样应对，结果听到厚子用唱歌般的嗓音说道："不好意思哦。我家老公就是从事汽车相关工作的。"

是的。这是厚子一贯的做法。

假如是卖化妆品的，老公就成了从事化妆品相关工作的，卖百科辞典的来了，就成了做出版工作的。新婚那会儿，来了个强行上门推销毛毯的，厚子用宛若唱歌的口气打发道："我家老公就是做纤维这类产品的哦。"说罢回头看看里屋的宅次，眼露笑意。宅次曾经心想，和一个有趣的女人在一起，这辈子都不会无聊了吧，确实如此。

厚子撒谎或者编些可称权宜之计的无关痛痒的大话时，嗓音总会像唱歌一般，这是让人最觉有趣的，其中既有聪敏又含深情。可以说这是一位不逊于宅次的老婆吧。即便是那些谎言，也都归属于为宅次、为这个家着想的机智范畴。

帘子被拉开脸庞大小的空当，露出厚子的脸蛋。

这笑脸和二十年前一般无二。小小的鼻头如同用手指捏过一般，一笑就向上翘起。就算没有这鼻子，那分隔两边的眼睛越离越远，看着也很滑稽。感觉像什么，却又想不起来。或许是生病的关系，大脑也像蒙上了半厘米厚的半透明塑料布似的，令人心焦。

这样的时刻，头内的蛴螬虫又要"唧唧、唧唧"叫起来。

厚子喝着红色的冰激凌苏打。正是意气风发的好年华，她噗噗吹着麦管，混合着冰激凌的红色苏打水泛起白色的气泡。

厚子口中含着的麦管似乎侧边已经稍有裂纹。裂纹里渗出红色的苏打水来。

"过来。我也要喝，过来。"

下次再有血从血管里溢出的话，我也就完蛋了。

想喊却发不出声来，正当这时，宅次被人摇醒了。

梦幻还是现实？之间界限并不清晰。记得新婚时，在百货公司的餐厅喝苏打水，厚子的吸管开裂，苏打水瞬间溢出来，颜色是红色还是蓝色来着？

"这段时间跟你说起的那事，我要出门了哦。"

虽然她说那事，他一时间却想不起来是何事。

高中时的老师荣获勋章。同学会决定庆祝一番，派了干事来通知去参加派对预演，这事听来仿佛初次耳闻似的。

"三点时我把白兰瓜冰上了，等我回来再吃可以吧。"

厚子的体形穿衣显瘦，但她十分在意一双肥脚，出席重要场合时总是选择和服。这倒没什么，但宅次很久以前就发现她的胸部会因所见对象不同而分为两种。

和宅次或亲友女眷出门时，她不会特意调整胸部，而希望自己看上去更可人时，她就会在穿着上下功夫，把胸部集中推高。

沉甸甸的酸橙累累欲坠，仿佛纤细的酸橙树迎来了大丰收似的。想当初结婚那会儿的厚子就是这般。到底已是年过四十，酸橙也似乎多少小了些许，如今到了关键时刻，她向上推挤一下，又恢复了往昔的酸橙模样。

接下来见面的对象想必不是女人，但诊断书上写着该病的特征是易生嫉妒之心，须得稳定心神。主治医生竹泽叮嘱：平和不怒是最佳良药。

看到厚子穿着新白袜弹力十足地迈着小碎步在廊间穿梭，趁其不备，宅次"哎"一声唤住了她。

"何事？"

厚子特意用了古装片的台词，蓦然扮怪相转过头来。宅次见了差点"啊"地叫出声来。

有似曾相识之感，是水獭。

在百货商店的楼顶见到水獭是几年前的事了吧。

他午休时间信步而行,四处走走看看,只见角落里一个水池中有些供孩子观赏的小动物,其中有两只水獭正在戏耍。

辨不清孰雌孰雄,两只都是一刻不得闲。或许是把水上浮木的叶子看成了鱼,两只水獭摆开架势发生了冲突。

发现事实并非想象那样后,水獭脸上浮现出呆然的神情,明明发着呆,分隔左右的小黑眼睛却似乎时刻警惕地转个不停。有人拿硬币冲它们碰一碰发出响声,做出要给它们喂食泥鳅的样子,结果两只水獭争先恐后地来到泥鳅掉落的筒下,人手似的前肢来回摩擦,吱吱欢叫催促。

厚颜无耻,却并不惹人憎恶。貌似狡猾,又有种让人舍不得挪开视线的娇憨之态。

独自一人却能活蹦乱跳,生龙活虎地动来动去,既有趣又讨人欢心,这一点正和厚子相同。

一房之隔的邻居家曾经发生过火灾。

所幸,事态并未酿成大祸,但厚子喊着"失火啦,失火啦",穿着睡衣敲着空桶四处奔走叫醒周边邻居后那个乐滋滋的样子,叫人在一旁看了真是难为情。

在宅次父亲的葬礼上也是如此。

厚子穿着新潮的丧服，脸上挂着泪活蹦乱跳。放任不管的话，她掉着泪还总想发笑，宅次差点训斥她："别来劲啊。"

"来劲"是宅次老家仙台一带使用的说法，起劲的意思。

宅次右手转着两个核桃看着院子。厚子听说转核桃对右手麻痹症状的恢复有益，于是去买了这核桃来。

左手转起来，两个核桃相互撞击，发出响板般响亮的声音，但换成右手转，就是钝浊的病态声。

宅次坐在小桌前，尝试握笔。腿部麻痹难以站立的焦躁和进入热气腾腾的新烧好的洗澡水中时那种针扎般的痛感无可名状地混杂在一起，手已不是自己的手。什么时候才能写成字呢？宅次无法想象将来。只要一想，蟒蟥虫就开始在他的脑血管后面"唧唧、唧唧"鸣叫。

独自眺望庭院不再是种慰藉。

工作中郁郁不得志的愤懑在胸中肆虐，还好身后有厚子，可以听着她念念叨叨插科打诨，再望望庭院。

这就和学校的休息时间是一个道理吧。

上学时，大约有五分钟左右的休息时间，有朋友一起，玩玩球也很有趣。说是现在一整天都可以玩了挺不错的，但就算给个球，孤身一人的话，球也只不过是个橡胶球体罢了。

并非没有想过让厚子来分身陪同，但现阶段水獭还是只有一只的好。

电话响了。

宅次膝行爬过榻榻米拿起听筒。他终于练成了左手抓握话筒贴到左耳的架势。之前总是用右边接听,但如今右耳里有时会有肉眼看不到的羽虱在飞舞。

电话里是今里的声音。

今里是宅次读大学时的朋友,前前后后已相交四十年。宅次倒下时,厚子第一个电话也是打给今里的。

"要是你有什么想说的,我去代你说。"

虽说原本就不是道些时令寒暄的交情,但这样说话还是有些唐突。

"你,真的可以吗?"

他稍作停顿。

"唯有这件事,你觉得烦我也要说。我在想,真的可以吗?唉,事情到了这一步,也是没法子啊。"

宅次一追问他究竟说的是哪回事,就换成今里发慌了。

"你不知道吗?"

据他说,厚子提议召集大家就宅次今后的事情谈一谈,他眼下正要出门。说是集会成员有次长坪井、牧野不动产和附近银行的分行行长、主治医生竹泽,以及今里。

厚子似乎在考虑拆掉院子，建造公寓，委托贷款的银行管理，建成银行年轻职员的宿舍。

宅次觉得自己头一下大了，眼前出现了厚子被五个男人团团围住的情形。

挺着高耸的酸橙胸，黑亮发光的眼睛闪烁跃动，厚子毫无疑问生动地扮演着一个坚强勇敢的妻子的角色。

尽管如此，五个人也太多了。次长坪井是来做什么的呢？

学生时代看过的一幅画不经意间浮现在宅次眼前。

那是梅原[①]还是刘生[②]的作品来着？蒙着一层混浊发白的塑料袋的脑子挤不出答案，但宅次还记得那幅画的构图。

那是一幅相当宽大的油画，满幅都是旧式的牛奶瓶、花、茶碗、奶壶、吃到一半的水果、面包切片、歪着脖子瘫倒的鸟，满满当当摆在桌上。

标题名为《獭祭图》。

宅次不会读这字，也无从了解其中含义。

回到家翻阅字典才终于明白，这幅画讲的是水獭的狂欢。

水獭喜好恶作剧，有时并非为了食用，只是为了捕获猎物的趣

[①] 梅原龙三郎（1888—1986），日本画家，代表作有《樱岛》等。
[②] 岸田刘生（1891—1929），日本画家，代表作为《微笑的丽子》。

味而杀许多鱼。

据说水獭有把杀死的鱼排列开来欣赏的习性，故而人们把众多物品排列陈设称为獭祭图。

不论火灾、葬礼，还是丈夫的疾病，对于厚子来说，都是身体的狂欢节。

宅次看到了牛奶瓶后死去的鸟。鸟死后仍然睁着双眼，而她却闭上了眼睛。

星江是宅次三岁就去世了的女儿。

早上要出门时，宅次把星江的小脑门贴到自己额头上，对厚子说："发着烧呢，你请竹泽医生来看看哦。"说完就出差了。

三天后，电话打到了出差地，说孩子因急性肺炎而病危了。宅次草草料理完工作回东京时，星江的小脸已经盖上了白布。

厚子哭着说那天给竹泽医院打了电话，由于转达者的失误，医生第二天才来问诊。竹泽医生也说是新来的见习护士的疏漏，宅次低下头。宅次的父亲劝解说："再怎么责备他人，死去的人也回不来了啊。"宅次无奈接受了现实。

算算死去的孩子的年龄，将忘未忘之时，宅次在车站遇到了结婚回乡的那个护士。

护士叹了口气站到宅次旁边："本想默默回去的。"

宅次起初并不知道这个口讷的老姑娘似的女人是谁。

"那天,并没有电话打来啊。"

她说厚子请求接诊是在第二天。前一天厚子去参加了同学会。

宅次当晚猛灌了一场酒。

一打开玄关的玻璃门,就狠狠挥拳打向厚子的脸。他这么想着回了家。

宅次没有打厚子。

是为什么呢?宅次一试图努力想清楚,后脑勺里就"唧唧、唧唧"开始鸣叫。或许是有个声音告诉他,还是不打这女人为好,于是他默默进了玄关,借着酒意呼呼睡去了吧。

院子染上了一层水墨之色。松树也好,枫树也罢,抑或是五轮塔,宅次此时早已无暇顾及。

这段时间他的脑袋尤为沉重。所有景物都将不见,被用石灰建造的廉价四方房屋挡住。

耳边传来厚子的声音。

她在跟前来询问宅次病情的隔壁太太闲聊着些什么,用宛如歌唱般的声音像是谈论明天的天气似的说着关于宅次血压的事。

宅次站起身来。

他抓着拉门来到厨房,等回过神来时手中已经握了一把菜刀。不晓得想刺的是自己的胸膛,还是厚子的酸橙胸部。

"真是太棒了,不是吗?"

是厚子。

"能拿菜刀了呢。快歇口气。"

言语之间毫无忧虑。分隔左右的西瓜籽般又黑又小的眼睛闪烁跃动。

"我想吃白兰瓜来着。"

宅次无力地丢下菜刀,步履蹒跚地朝走廊走去。蜻蟧虫在他的后脑勺喧闹。

"白兰瓜哦,是要银行送的还是牧野送的呢?"

没有回音。

如同相机快门按下,院子忽然一片漆黑。

慢　　坡

两人商定，叩公寓的门时，共叩三次，每次咚咚叩两声。在庄治的严令之下，房子并未挂出名牌。

一如往常，庄治一敲门，板蒸鱼糕似的窥窗布帘就从窗玻璃另一侧拉开，富美子的眼睛向外窥视着。

算起来，前前后后相处也有一年了，不论看多少次，庄治心中还是感慨这双眯眯眼。与其说是眼睛，倒不如说是条裂缝。人一笑，裂缝就张开小口。

富美子从窥窗中露出笑容是近半年的事。

"讨厌我来吗？"

每次庄治一问，富美子就不紧不慢地摇摇头。

"要是不讨厌，稍微笑笑不行吗？"

自从庄治这样说后，富美子就开始笑了。

富美子为人口讷，做事不利索，笑容也不讨喜。给人留不下什么印象的扁平眼、鼻看上去似乎懒得一笑。

打开房门,把庄治迎进来后,她像棵大树倒下一般,汗津津的身体默不作声地倚过来。这也是庄治教导的。之前,她只会一脸困惑地杵在那里。

富美子身材肥硕,要说可取之处,唯有年方二十的芳龄和白皙的肤色。她始终坚守着庄治不烫发、不化妆的命令。

她倚在庄治身上,打开原本紧握的手掌。一只乒乓球立在手心。

"哦。"庄治回过神来。

上周只有一次得以成行,因此那是整整一周前的今天了。他一进门立即坐上榻榻米盘起双腿,喝着冰麦茶说:"这公寓是不是有些歪啊?"

坡道还算和缓,但或许是房子建在半坡上的缘故,总让人觉得有些倾斜。从前就有这感觉,那次他说了句:"有没有什么会滚的圆东西啊?"富美子记在了心里。

"你买的?"庄治问道。

"一百二十日元。"

她解释着"挺贵的,对不起哦",把球放在了榻榻米上。

乒乓球没有滚动,稳稳停在六张榻榻米的正中央。乒乓球在夕阳的映射下发光透白,正是富美子的写照。

这个女人向来只是交代她什么她就做什么,不发话她就一动不动。庄治中意的就是这一点。

庄治刚好年满五十。

庄治每周到富美子的公寓来两次,总是在坡下下车,因为上面是单行道,不过就算车能上去,他毫无疑问还是会选择在坡下下车。从下面上去,计价器又要跳一格。

虽说是家中小企业,但身份上总算顶着社长头衔,配有专车。即便如此,庄治还是乘出租车,在意计价器,他生性如此。靠近目的地了,庄治心想:"跳价的声音可别响啊。"自己忍不住挺身,"到这里就可以了哦"。

叫停车子,然后急步上行。

有时他也自嘲,难怪自己得了个"老鼠"的诨号。

庄治走路向来急急慌慌,唯有去富美子家时有所不同。每次下了出租车,他总是先去街角的烟草店买包香烟,然后不紧不慢地上坡。

这段坡道走势平缓,想用平常那样的步子匆匆去爬是不得要领的,所以庄治喜欢慢慢往上走。

金屋藏娇。说是公寓,其实就是个只有两间六张及四张半榻榻米大小房间的二手房,女人也不是什么可以出席大场面撑得起面子的人物。正因为如此,才让人觉得起劲。男人的星光大道这一说法不断在庄治脑海中闪现。既然是星光大道,还是不疾不徐地走好些。

这一带是原本被称为麻布的住宅区。在坡道两旁,尽管有自古以来守护旧屋的世代居住者和当机立断重建新房者之分,但如今林立的都是带有庭院的豪华家宅。

有户人家的石墙上绕满了常春藤,还有白玉兰、藤蔓、棣棠、紫薇等等。庄治一边从院墙缝隙间窥视里面的庭院,一边缓步而行,似乎还闻到了久违的瑞香的香气。

这条坡道曾是庄治的四季。

如此说来,为了富美子而寻得这所公寓,是在去年的樱花时节。那时,满坡道上飘落着如雪的落花。现在,坡道半途一户人家院里的樱树仿佛不曾是棵樱树般化身为绿荫浓郁的大树,在路上投下树影。

富美子是前来庄治的公司面试的女职员之一。

由于会打算盘,字也写得漂亮,她直接进入了面试,可结果最早名落孙山的也是她。

"这样是不行的呀。"

正当富美子鞠躬将走未走之时,负责人事工作的男人提高嗓门说:"这也未免太大个儿了。"

这是讨好在男人之中属于小个子的社长庄治的声音。

"那人肯定很笨拙啊,一看脚踝就知道了。"

经营管理部部长也在评分表上边画叉边随声附和。

"眼盲的千鸟高耸的髻。"①

人事负责人唱起演歌来,中间插了一句"老土哦"嘲弄逗乐,引得大家哄堂大笑。

的确如此。

富美子块头过大过胖了。或许是眼睛细长的缘故,她看上去面无表情,郁郁寡欢的样子。着装土里土气,问答之间也显得愚笨。加之高中成绩属于中下,且没什么有权有势的亲属。

"今时今日的女孩子里还有这样的人啊。"

口中说着这话,庄治也和其他人一样画了叉,边画边趁人不备记下了门协富美子这个名字以及她的联络方式。手似乎是不由自主地在动。

富美子生于北海道的积丹半岛。

放下心防侃侃而谈她的天性是很久以后的事了。据她说,要说肉,还是马肉好吃,小时候几乎没怎么吃过牛肉。

富美子说,不知是什么原因,唯独富美子所在的村庄被遗弃在了食品保鲜膜的普及风潮之外。去东京打工返乡参加葬礼的男人们

---

① 歌曲《盲目千鸟》的第一句歌词,由佐滕八郎作词、古贺政男作曲,1940年问世,是电影《新妻镜》的插曲,一度极为流行。

把煮好的东西放进冰箱时,开口点明了这个问题:"这么方便的东西,为什么这里没有呢?"而大家见都没见过保鲜膜是个什么东西,所以完全无从推断。听了这些,庄治不禁大笑。

脱下穿着的衣物,富美子白白的胴体似乎愈发大了一圈。

庄治觉得自己好像正如外号一样,变成了一只老鼠,爬上白白亮亮的大圆年糕戏耍。

"你奶奶或是曾祖母是不是跟俄罗斯男人有过一段情呢?"

每当庄治半戏谑半认真地询问,富美子总是"这个嘛",摆出一副歪着脑袋的架势。即使在这时候,从她细长的眼睛也无从清楚地解读她究竟是在怒还是在笑。

说到眼睛,第一次在宾馆听到庄治所说的话后,富美子落下了眼泪。就像水从一条小水沟里溢出来似的,眼泪一点一点绵绵不绝地流出来,似乎从那裂缝般的眼睛里无法掉出画中所绘的那种泪珠。

富美子虽说不够伶俐,但因为不会预谋算计,自有其安分守己的特点。

这个房子谈不上豪华,也无需多加装点。

庄治从浴盆中起身,只在腰间缠上一条浴巾,盘腿坐到榻榻米上,就着毛豆和凉拌豆腐喝起了啤酒。有从附近副食店买来的薄猪排配上酱汁吃着火锅,即便晚报从第三版开始看也无所谓。

没有儿女,把"Peter"读成"Party",也不会被人嫌弃。庄治是从电气通信学校摸爬滚打出来的。

也不用再听痴迷于茶道、料理的妻子一有熟识的朋友打来电话就装腔作势地滔滔不绝。

庄治很欣赏富美子俭朴的态度。多用点电也会看得很重，傍晚直到伸手不见五指也不开灯。

庄治说买来的包甜的西瓜味淡如水，富美子立刻拿走他已经开始吃的瓜，到坡下的水果店交涉，换来新的。

"这个不甜。"

庄治一想到她估计是冷不丁来那么一句，用那不甚明亮的细长双目盯得对方发毛，就觉得好笑，渐渐对积丹半岛这个地方产生了好感。他想着要是哪天腾出三四天的空儿，带上富美子一起到北海道走走，肯定很有意思。

两人唯一一次发生争执，是在他得知富美子帮邻居女人开的店整理发票时。

那女人名叫梅泽，庄治也见过。在附近的酒吧做妈妈桑，是个年约三十五六岁、有点姿色的女子。有时在坡道半途邂逅，在公寓前倒垃圾时也曾遇到她八面玲珑地招呼示意。她五官立体，宛如西方人，是往昔的日本绝不存在的面容。

庄治说了不让富美子和邻里交往，但她好像向隔壁的梅泽请教过瓦斯炉的用法，由此聊上了。

听说富美子会打算盘，所以梅泽拜托她帮忙整理账簿。每次庄治说："我给的应该够你用的了。"富美子总是说："不是钱的问题啦。"

"是因为整天都没事可做。"

说这话时，富美子白花花的大块头躯体有种莫名的威慑感。

生意和游玩兼而有之，庄治从曼谷飞往新加坡，离开日本约有十天。这是盛夏时的事。

原本有多次机会可以选些褐色肌肤、骨架小巧、腰肢曼妙的女人，但庄治最后选择了洁身而返。

置身于不论山水还是人都满目巧克力色的国家，尤其想念身处东京公寓里的富美子那白皙的大块头。

好想赤身坐在夕晒下红彤彤的榻榻米上吃吃凉拌豆腐和毛豆。庄治将预期归程提早一天回到日本。

还从未和富美子共度良宵到清晨，今晚就么过一次吧。虽说庄治抠门，但这次还是带了颗当地特产蓝宝石。

没打电话直接敲门，给她个惊喜吧。一想到"富美子会从窥窗里露出什么眼神呢"，庄治竟然冒出一股与其年龄不相称的兴奋劲儿来。

一如往常，在坡下下出租车，到烟草店买了一包香烟。香烟富美子那里还有存货，但他已经养成了习惯，一下车就会"咚咚"叩叩烟草店的玻璃窗。这是拉开庄治放浪形骸剧目大幕的开场鼓点。

这家店向来找零的钱币都备得好好的,稀奇的是这一天竟然断了零钱,店主老婆婆进里屋去取。店里有面小镜子,映出在外等待的庄治的脸。

和过世的父亲一模一样。

上了年纪,血管似乎有些干枯萎缩,越发和老鼠相像了。嗯,也罢,即便老鼠也有热血沸腾、肉体欢蹦的时候。

那是庄治还在上小学五年级时的事了。

当时身为拙木匠的父亲带着庄治去看了一场朝鲜舞姬崔承喜的舞蹈。

为什么父亲会有这种票呢?是谁给他的呢?与这些疑问相比,更让庄治留有印象的是,身怀小妹妹、大腹便便的母亲买了奶糖,塞进他校服的口袋中。崔承喜敲着硕大的朝鲜大鼓,跳遍舞台每个角落。

陌生色彩的民族服装翩翩舞动,大片白皙的肌肤因流汗而发光。鼓点节奏越来越狂放激昂,舞者也如同痴狂,在庄治的眼中,仿佛一丝不挂一般。一曲终了,舞者突然绵软无力地匍匐倒地,座无虚席的礼堂里响起震耳欲聋的掌声。

邻座的父亲手拍得比任何人都热烈,这让庄治十分意外。父亲平日里面对个性强硬的母亲总是理屈词穷,要说有什么业余爱好,无非坐在长凳上下下象棋而已。他身体向前探出,半张着嘴鼓掌的侧脸,是张庄治从未见过的男人的脸。此事还是不跟母亲言明为妙。在一个孩子心中,已然有了大致的判断。

映在镜中的,是时隔十日,前去和一个女儿般年龄的女子相会的脸。那是彼时父亲的脸。似乎崔承喜也有一副稳重白皙庞大的身躯。

一如往常,庄治敲敲门,不知为何,板蒸鱼糕窥窗并未打开。富美子理应没有外出。就在敲门前还听到里面传出抽水马桶的水声。庄治又敲了一次,里面悄无声息。虽然悄无声息,但庄治凭感觉认为她在。到底发生什么事了?迄今为止还从未发生过这类事情。

隔壁大门打开,妈妈桑梅泽露出头来。化着浓妆的脸表情僵硬,像是想说什么,正在搜索语言的样子。

富美子有男人了。

这女人知道这事。

"富美子!富美子!"

现在顾不上"咚咚"敲三次,每次敲两声了。庄治高声怒吼,把门噼里啪啦乱敲一通。

窥窗从对面打开了。

窥视的不是富美子的眼睛,而是一副深色的太阳镜。

那男人是流氓吗？庄治大吃一惊，但那只是他鲁莽武断所做的错判。哪里有什么男人，谁都没有。是富美子戴着太阳镜。

富美子的双眼就像乡村戏剧中的阿岩似的赤红肿胀。原来她在庄治去曼谷时做了双眼皮整形手术。照顾她的就是隔壁的妈妈桑。

"怎么对着我一言不发，那副样子干吗呢？"

庄治挑富美子的不是。

有弹力的关系吧，好像是放在座钟背后之类地方了，乒乓球从书架上轻轻滚落，在榻榻米上小幅度蹦了两三下，缓缓滚到房间一角停住了。

我就是喜欢那双眼睛。就像妈妈手上长出的皲裂一般的眼睛。一笑就像裂纹开了口似的眼睛。一哭就像水从沟中溢出，形状模糊的泪水一点一点绵绵不绝地渗出的眼睛多好。

富美子戴着黑色眼镜坐下。黑色眼镜比裂缝般的眼睛更让人难以捉摸她到底在想什么。

身穿夏日便装的富美子后背在夕阳照射下又白又亮，指甲上涂着淡红色的蔻丹。或许是错觉，她的手指也比先前纤细了似的。

最终，富美子道歉的话一个字也没说。

过了十天，眼睛周围的红肿消去，富美子的眼睛变成了和邻居妈妈桑相似的形状。

原本长相就不同，因此不可能完全一致，但是出自同一个医师之手，相似之处似乎还是很多的。

富美子的话变多了。

不论面部还是身体，表情都多起来。自信一天天见长。

虽然并非正是由于这一点，但庄治确实变得容易疲倦了。

现在再爬那条之前从未觉得费劲的慢坡，却像永远爬不到尽头一般。改为拜托出租车司机绕道一直送到坡上。

区区七十日元，没什么好吝惜的，怎么从前就没意识到呢。

也是在自己还没回过神来之时，庄治的脚尖已经先踏向了慢坡的地面。这里没有自下而上爬坡时看到的熟识的家宅庭院，而是初次出现在眼前的名牌和围墙。

或许就算敲门，富美子也不会出现了。接下来就是隆鼻、削骨，渐渐变得跟隔壁的妈妈桑一模一样。白皙丰满、下盘稳重的身体变得脚踝纤细、胴体曼妙。

原本以为趴在硕大的圆年糕上十分安逸，一朝梦醒，年糕变成了光溜溜、白花花的裸体模特儿。

说实话，庄治内心一方面觉得可惜，另一方面又觉得松了口气。

从前没认为这是个像模像样的坡道，然而现在似乎已经成为这一带的一片高地，向下一看，商业街遍地开花。房檐、玻璃窗和广告牌无不闪耀着橘色。

是晚霞。

整整一年，上上下下这条坡道，上时背朝艳阳，归时天色已晚。有时还边想借口边往回走，于是从未看到过坡下的街市，那晚霞中的街市。

不去富美子的住处，就此不紧不慢地下坡，在下面的烟草店买包烟，打个车回家吧。庄治在坡道半途停下脚步，指尖搜寻起了口袋中的零钱。

格　　窗

　　江口从前不知道，房子也有容颜，会随着年华老去。意识到这件事，是在今秋由于临时工作调动，轮转到闲职上之后。

　　从前几乎每天觥筹交错应酬到深夜，突然一场应酬都没了，于是得闲在尚未完全黯淡的余晖之下看看自己的房子。

　　房子已经破败不堪。

　　铁平石的大门和石灰墙壁都已起皮泛白。某位书法家意气风发挥笔疾书相赠的大块门牌历经风吹雨打，露出了陈旧的木底。

　　购置这处房产是在十五年前，正是公司对江口青睐有加着力提拔之时，为用而用，正因如此，如今只得如同弃履般落得闲职。

　　五十坪的土地上建起的二十五坪的蜗居与过于气派的门牌实在不相称，为了配合门牌，江口绞尽脑汁在门前种上了一棵松树，然而那棵松树现在也是干枯之色比绿色更为抢眼。

　　在事业鼎盛期，他早上总是像颗炮弹一样冲出门，晚上包租的汽车一直送他到家门口。周日要么去打高尔夫，要么筋疲力尽地卧倒在床，所以从未多看自己的房子几眼。

晚报依然躺在门前的信箱里。从前不是这样的。

妻子美津子虽说手脚不算麻利，但做起这些事来还是勤勤恳恳的，总是晚报一到就去取来。放在饭桌一侧，旁边还摆上一副老花镜。

不光在公司，就连在家里也被如此怠慢，江口肝火上升。正要没好气地抽出报纸，他偶然注意到了二楼的窗户。

母亲阿高正从那扇固定的框格窗里向外窥视。这个念头从脑海中瞬间闪过，不过那人应该不是五年前已经去世的母亲阿高，而是出嫁了的独生女律子。

看到父亲回来，她总是扮鬼脸行举手礼。那礼敬得一点都不靠谱。刚刚宣布停战那阵子，江口曾经见过一边和进驻军队调情一边敬美式军礼、被称为伴伴女郎的女人，这会儿又想起了这事。

很像。

不论模糊不清的淡眉、噙泪欲哭般的眼睛，还是眼睛下方名为泪囊的鼓起、轻声说"啊"似的朱唇，全都如此相像。假如就此绾起发髻，俨然阿高年轻时的生动写照。

律子长得越来越像他最不希望她相像的人。走进玄关，江口心中有种不祥的预感。律子该不会和阿高干了同样的事情吧。该不会因此才返回娘家来的吧。

"跳蚤夫妻"。

作为女儿考上初中的礼物，为她买字典时，江口记得自己查过这个词。

确定上面写的是雄跳蚤比雌跳蚤的个头小，当时心中感慨，果真如此啊。说来也怪，他从那以后就一蹶不振。

因为他从小对于父母被如此称呼的说法就有所耳闻。

父亲身材瘦小，一脸寒酸相。

母亲阿高单是高高束起的发髻部分就已彰显身高，与父亲相比更是绰绰有余。

二人留下来的婚礼照片颜色已经变得不正，口德不佳的亲戚似乎都在说着"清灶台的扫帚和装米用的草袋"讪笑。

父亲穿着下摆散开满是褶子的和服裙子，软绵绵地站着，看上去就像靠在洁白无瑕、衣着挺括的新娘身上。

父亲是个懦夫。

外出时，扛着大包行李的总是母亲阿高。入夜起风，寒意来袭，阿高会取下围巾，缠在丈夫头上。

父亲夏天必闹肚子，冬天总是感冒。每当从公司回到家中，睡前都要做吸入治疗。被炉上放着一个吸入器。冷不防一股热蒸汽冒出来，总有些骇人，因而母亲先张口确认蒸汽的热度，再在父亲头部周围备好擦拭水滴的毛巾。张大嘴巴吸入蒸汽的父亲嘴巴周边渗出蒸汽凝成的白色露滴，寒酸的模样越发显得可怜。

父亲体寒，母亲阿高体热。即使在冬天，阿高也说脚发热，睡觉时会把脚尖伸出棉被。

半夜去厨房喝水，次日早上做酱汁用的蛤蜊在桶里发出声响。外壳微微张开，不知那是哪一部分，白色的管状物一端露出壳外。阿高从茶色的棉被中探出的脚正和这相似。蛤蜊或许被动静吓到，时而嗞地吐出一股水来。原本是让蛤蜊吐沙的，不知是否铁锈有助于吐沙，时常有一把锈掉的去骨刀插在水中。

不论水中的蛤蜊、去骨刀，还是伸出棉被的母亲的脚，江口看到这些时总是心跳加速。

而父亲恰恰与之相反，常常穿着兜裆布睡觉。

母亲经常喝水。她喜欢喝生水，喝起来总是抱着满满一大杯，喉头后仰，咕咚做声。

父亲说喝生水会闹肚子，母亲就给他凉好开水，用酒盅似的小汤匙舀着喝。即便如此，他也不怎么喝。

母亲发际经常出汗，而父亲只有虚汗可出。

幼时江口心中曾经有个疑问：如此迥异的两人为什么成了夫妻呢？

"各方面互补才好吧。"阿高边笑边说，"因为不互补一下的话，是生不出壮实的孩子的哦。"

阿高说这些,是在和自己一起去足利之前还是之后的事来着?

足利是阿高的娘家。阿高是一家大染坊的女儿。

"健一没有一起来吗?"

原以为律子鞋子旁边自然会是孙子健一的小鞋,鞋子却只有一双。

出门相迎的妻子美津子轻轻摇摇头,冲江口竖起一根手指。

"只有律子一个哦。"

大致是在说这个。

美津子本来话就不多,僵硬的摇头方式也好,对二楼有所顾虑的姿势也好,依然一成不变。

"出什么事了吗?"

美津子又把手指放到唇边。

"稍后再说,"她又追加一句,"拜托你什么话都别说。"

两人正窃窃私语,律子从二楼"噔噔"走下来。

"那么按部就班地早早回家了啊?"

"自从调到庶务科,每天都是如此啊。是吧?"

不曾工作过的女人说话真是不留情面。最不想听到的话偏偏一字一句地脱口而出。

"那么,年底带一包袄东西回来都做不到了吗?"

她说的是江口做营业部部长时,不请自来的新年礼物在地板上堆积如山的事。

"从今年起大概就是纸袋了。"

江口一边开个玩笑糊弄过去,一边发现茶室一角放着一只似曾相识的旅行包。律子这次来果然还是打算常住的。

两个女人进了厨房,闲话着家常准备饭菜。

那时,确实是只藤编的大篮子。

那是一个万木凋零的寒冬夜晚。阿高用一条深红色的天鹅绒披肩遮住脸部,牵着江口的手,上了一辆火车或者是电车。那是开往足利的列车,可能是东武电车。

江口喜欢坐车,一如往常地坐在座位上向外张望,然而窗外一片漆黑,什么都看不到。

"为什么爸爸不去呢?"

江口当时是五六岁的年纪,但也已经明白不能这么问。

也能估计得到,大概是阿德的关系。

阿德是爸爸公司的勤杂工。好像是个苦学生,还在读夜校。为人口讷,但长得虎背熊腰,要是让他去摔跤,恐怕全公司无人能敌。见他干活有劲,家里大扫除或打扫庭院、吊顶,或是清理烟囱时,总是请他来给阿高帮把手。

到了吃饭的时候,他就坐在廊下,打开大大的铝制便当盒。江口见过在其身后倒茶的妈妈阿高突然伸手抓一把阿德便当里的菜塞进口中的情景，当时心中莫名地一阵悸动。

想来差不多就是那时候，江口还有一个室内秋千。

这是一个藤和木编成的秋千，吊在门框上供孩子用的。

两侧和背后下垂的部分都包了红色花梗图案的人造丝布料。太女孩子气了，江口并不喜欢，但他像爸爸一样，动不动就感冒，一般不让他出门。阿德时常帮他晃秋千。阿德晃得比爸爸妈妈幅度大且力度强，幼小的江口十分中意。

可是，有时阿德来了，却不来为江口摇秋千。是在做什么呢？阿德和妈妈一起进了里面的房间，把江口独自晾在茶室里。

秋千停了也不见阿德出来摇。

江口下了秋千，自己去晃。空空的红色花梗布包的藤筐在灰暗的客厅里晃来晃去。

妈妈牵着江口的手去足利，好像就在之后不久。

江口在足利得了小儿腹泻。

染坊的被褥，不论铺的还是盖的，都是灰色和藏青色色样拼接在一起的奇怪物品。

半夜一觉醒来，爸爸刚从东京赶到。他二话不说跳起来一般打了妈妈的脸。

再醒来，似乎还是半夜。爸爸正在妈妈面前双手扶地耷拉着脑袋。

记忆中没再有这之后的事情,记得的就是勤杂工阿德打那以后再没露过面。

江口通过相亲看中美津子,就是因为她和母亲阿高恰恰相反。

"总觉得人长得跟牛蒡似的呀。"

相亲归来时,阿高说道。笑声里带着嘲讽。

和白皙、高大、沉稳的阿高相比,美津子的确是牛蒡了。为人瘦小,而且黑到了芯里。他中意的就是这一眼望去就毫无魅力的女人。共同生活固然没什么乐趣,但至少这女人不会做出背叛自己的事来。江口不想重蹈父亲坐拥美娇娘却一生受嫉妒之苦的覆辙。美津子从未被人称为"美丽的太太",大家一向都说她是位"朴素的太太""踏实的太太"。江口很知足。

"跟奶奶很像呢。"

每当有人这么说,江口就心中恐慌。

隔代遗传似乎是确有其事。

无论肤色白皙、身上肉嘟嘟,还是易渴、爱出汗,都跟阿高如出一辙。

那是律子三岁的时候了吧。

江口洗完澡走进茶室,只见律子正把脸贴在电视上。

"那东西可不能舔。"

刚一开口,他又心中一惊。

律子正和画面上的男演员亲吻。

等他回过神来,律子已经在榻榻米上打着滚放声大哭起来。江口把惊讶之下进来劝慰的美津子一把推开,两三巴掌打了下去。

跟美津子说起母亲那见不得人的往事,似乎就是在那晚。

年岁渐长,律子越发和阿高相似。每每有人称其为"漂亮的小姐",江口心中总是甘苦参半。律子浓妆艳抹时,穿色彩艳丽的衣服时,有男友打来电话时,江口的不悦就不加掩饰地跃然脸上。

成人仪式后不多时,律子的婚事就定下来了,最松了一口气的与其说是做母亲的美津子,不如说是江口。还有一个让江口得以放心的原因,就是女婿是个风度不凡的翩翩美男子。如此这般就万事太平了。

阿高死在结婚典礼的日子定下之时。

死得有些太过无味。

就在七年前,阿高送走卧病在床多时的丈夫,成了寡妇,却貌似年轻了十岁,容光焕发。

她外出购物回来时乘坐巴士,到达终点不见动静,司机摇晃她时,人已经没了气息。死因是突发心脏病。

购物袋里装有一条用百货公司包装纸包好的领带。

这是打算送给谁的呢？夫妻彻夜长谈时聊到了这一点。

"不是打算送给律子夫婿的礼物吗？奶奶她那么喜欢年轻帅气的男子。"

美津子说。当时在场的众人大致也都这么说，但江口认为并非如此。

阿高是不是总归还是没了阿德，或者说没了阿德那样的男人就没法活下去呢？

想来那的确是阿德不再露面之后的事，江口注意到阿高透过二楼的窗户往外看。

二楼楼梯上有扇固定的框格小窗，阿高身体紧扣住窗户，久久伫立在窗前。从那里望出去，前面的高中体育场即刻显现在眼前。

阿高不是在窥视高中学生做体操的情景吗？学生们裸露着上半身做体操的情形，江口也看到过。

父亲从房顶掉落受伤是在这之后。父亲伤到了腰椎，长期休病假，他难道不是为了给框格玻璃窗外糊上一层窗纸才爬到屋顶上去的吗？

父亲肯定也在窗外看到了阿高若隐若现的眉下一眨眼就会滴下泪来的眼睛和似乎发出"啊"声的唇型。

摔伤了的父亲的腰每到冬天必定疼痛，人也越发老气横秋。

那一幕时常在江口脑海中翻腾，因而当美津子提出"阿高买的那条受赠方不明的领带,从外形上来看,你用也不错呀"的意见时,江口断然拒绝,将其收入母亲的棺木中,一并化作灰土。

晚饭菜式比往常丰富了,江口却提不起兴致。

偶尔心有介怀之事,也故意闭口不谈,妻子美津子明明知道,却故意捕风捉影唠叨一通。这就没劲了。

唯有自己知晓,那似乎是身为母亲的一点幸福。有点故做神秘的眼神交汇,以及似乎是故意选择的开心话题,也都让江口肝火上升。

既然是大家都心知肚明的事,何苦装模作样地东拉西扯。心中大致有数了,江口竭力压制着情绪,吃完了晚饭。

剥着餐后水果,美津子突然捂住胸口屈身向前。她向来有胆结石的旧病,所以江口并未太过慌张,可是外面下着雨,他心中盘算着请医生上门问诊是否比较难。

然而美津子身体弯成了虾米,报出经常就诊的医院的电话号码说:"跟小医生说是我打的,请他务必来一趟。"

说是小医生,其实也已年过四十,是个常打高尔夫、晒出一身健康肤色、体格健壮的男子。

医生下了车,没有撑伞,直接冲进玄关,不等引领就大步走到了美津子身旁的坐垫上。

看那步伐和健步如飞的速度，像是来过多次，已经十分熟稔。

医生给美津子诊察，敞开胸口期间，江口和律子都坐到了隔壁茶室。江口听到美津子说明痛楚的声音中有种闻所未闻的濡湿和甜美。

江口按下心中拉开隔扇走进隔壁房间的些微冲动。

那晚，江口已经遭受了一次背叛。

在厨房喝水的律子跟也来喝水的江口说："也跟爸爸说了吧。"

律子从还是姑娘时就这样，拿茶杯灌水，晃两下，有水滴溢出就再倒回去一些，同时跟江口说道："他，好像在外面有人了。"

江口哑然失笑。

热水烧开噗噗翻滚似的笑意涌上心头，放声大笑。

"有什么好奇怪的吗？这不是什么好笑的事啊。"

律子噘起嘴。那侧脸较之阿高，更像母亲美津子。江口的笑在体内余韵未了。

这对律子来说有些可怜，但江口觉得挺好。就这样正好，这才是现实。还有种父亲的仇恨由女婿讨回来的感觉。

尽管如此，江口在接过律子放在桌上的水杯的同时，又不免震惊于想必绝对无恙的美津子也有那般甜美的声音。当然，即便此外再没有什么出格的事，但这女人身上竟还有自己所不了解的部分，他再次叹息，对于律子的推测落了空。

残留在记忆中的有关阿高的几个场景中，哪个和哪个具有不同凡响的意义呢？江口发觉自己和父亲一样，也迷恋上了阿高。

与其糊上二楼的格窗，不如暂且揭下破旧的门牌，挂上自己献丑重写的吧。江口不紧不慢地喝掉了那杯水。

五　花　肉

满身都是樟脑丸的气味。似乎不论到了家里哪个角落，这股味道都如影随形追踪而至，这让半泽心神不宁。

气味源自妻子干子的礼服。为了今晚的宴会，她特意将它从衣柜中取出来，挂在墙上通风晾晒。

干子是个火暴脾气，吃饭都要猛倒胡椒粉的那种。半泽本想说一句"樟脑放太多了哦"，转念又觉得宴会结束之前这类无关紧要的话还是不说为妙。

他端详着洗手间的镜中映出的自己的脸庞。虽说距离半百还差了几年，然而两鬓已经染上白霜。说到白头发，倒是干子出现得更早，她从前年起就开始使用染发剂了。

最开始的一年，为了不被半泽看见，干子将染发产品藏在柜子深处，这次却不留神落在了盥洗台上。大概昨天刚染过吧，似乎比往日染得都要用心。

半泽捂着左脸颊想：问题是进入宴会会场的时候啊。在会场入口处跟新娘子寒暄时,这地方可别抽搐就好。抑制不住内心的动摇时,半泽的左脸颊就会背叛主人,痉挛抽搐。这一点应该不会逃过干子的眼睛。

新娘大町波津子做过五年半泽的秘书。

想想穿着蓝色的上衣低头打字时波津子瘦弱的肩膀和她来请半泽给文件签字时小心谨慎的手势就好。想想过年和其他公司职员一起来拜年时和孩子们玩《百人一首》①的她就好。无论如何不能再想那时的事了。

波津子的工作明显开始出错是去年的这个时候。

虽说她工作做得还不足以灵动高效到升职的程度,但一向还算中规中矩没有差错。但当发现她又是忘记传达留言又是打错文件时,半泽就没理由沉默了。也有风传说她被有婚约的对象甩了。

波津子辞职后,半泽请她吃饭,跟她说要是有什么状况,不妨说来听听。波津子说起,好像是她父亲临近退休时忽然半身不遂、卧床不起了,就在这困窘之时,那男的打退堂鼓了。

"已经没事了。都过去了。"

---

① 《百人一首》是日本最广为流传的和歌集,汇集了日本历史上的一百首名曲,在江户时代还被制成了同名纸牌游戏,在民间盛行。文中指的是后者。

波津子笑笑，叮嘱询问牛排生熟度的服务生说："五分熟。"

"你说要五分熟，那好像是最生的程度了吧。"

"是啊。吃了血淋淋的牛排，从明天开始就要打起精神来了。"

波津子点点头。

"部长，"她正儿八经地叫了一声，"您能由着我任性一次吗？"

"什么事？"

"和我一起去游乐场吧。"

公司有位高层说波津子是个"脸长得像廉价人偶的女孩"。半泽家的人偶是去世的母亲嫁进来时带来的，颇有些年头了，因此虽说他没有三番五次端详所谓的廉价人偶，但让他这么一说，眼睛、鼻子、嘴巴，小小圆圆的，还真有如出一辙之感。这女孩唯有皮肤细腻尚为可取，身姿方面也跟人偶似的那么单薄，与西式服装不相称。

在西餐厅昏暗的光线下，被这人偶的单眼皮凝视，竟然有种意想不到的动人心魄，半泽说不出半句讨厌来。

那晚，波津子一遍遍地猛玩射击项目。

投进百元硬币，屏幕上陆续出现UFO。瞄准射击，波津子说，不到三百分绝不回家。她让半泽帮忙拎着包，被什么附体般地猛打，边打边喊："畜生！""混蛋！"大颗大颗的泪珠滑落下来。

就此回家不能尽兴，两人又到附近的酒吧喝酒，之后她只说是着了魔。

回家时已经过了午夜十二点。

看到来开门的妻子干子的脸，半泽吓得心惊肉跳。干子满脸肿胀发紫，眼睛嘴巴张也张不开。说是换了种染发剂，过敏发炎了。半泽感觉都怪自己才会变成这样的。早知道自己不是个忠贞不贰的人，但和部下走到这一步还是第一次。都是酒精惹的祸吧，半泽决定从第二天起再不和波津子有眼神交流，假装不相识。

刚好过了一个星期吧。

来请半泽签署文件的波津子嘴里念叨着哒哒哒哒返回了座位。表情依旧像个廉价人偶。

半泽料想波津子也就和他大女儿年纪相差五岁。他脑海里浮现出之前那晚回去时染发过敏了的干子的脸，想着想着，脚不自觉地迈向了游乐场。

波津子正在同一家游乐场打UFO。

她没有哭，单薄的身躯抱着一把大枪。见此情形，半泽没有办法再若无其事地返回家中。他把手放在波津子单薄的肩上，进了同一家酒吧，去了同一家宾馆。

一直到这里都还一样，但那天晚上，半泽觉得身体不再听自己使唤。

窘迫地并排躺下后，波津子默默地抓住半泽的手，引导着他摸向一层薄布遮盖之下的自己的腹部。

腹部有个疤痕，位于盲肠附近，像是个柑橘种子般大小的突起。波津子让半泽用指腹抚摸后，说起了自己初中二年级那年春天的故事。

当时班里流行做编织。

有的学生上课时间也在后排座位上做小动作，因此在学校里禁止做编织了，不过大家还是避开老师的耳目我行我素。波津子逃掉大扫除忙于编织，差点被那个老姑娘班主任发现，便匆匆忙忙把正在织的东西塞到裙子口袋里，随即蹲在地板上，想拿抹布擦地板来着，结果银色的钩针针尖扎进了她的腹部。

波津子马上被送往了医务室，但不知是因为乡下校医处理得拙劣，还是体质的关系，反正后来就留下了疤痕。

"用牙签在酸浆里捅洞时会听到扑哧一声吧，就和那个声响一样。"

波津子为了消除半泽的尴尬，将自己最不为人知的一面和盘托出。那天晚上，半泽十分吃惊，如同找回了十年前的自己。

和之前一样，他一过十二点就回家了。

妻子带着肿胀不堪的脸开了门。半泽知道自己的左脸颊在痉挛抽搐。危险，这样下去必然露出马脚。半泽向上司委婉地暗示了岗位调动的意思，不久，波津子就调到了其他部门，工作地点也在其他大楼，也因为这个因素，两人不大再有碰面的机会。就连延续了五年、波津子必定露面的拜年活动，今年过年也没见她露面。

"大町小姐怎么回事呢？"

干子一边用薄纸包屠苏散，一边凑近半泽问。

"可能去那边的部长家了吧。她就是那种人啊。"

半泽本想笑笑，但左脸颊似乎还是抽搐了。

三月到了，家家都要装扮人偶①。

半泽夜晚起夜，横穿起居室返回卧室途中，停下了脚步。静静摆在黑暗中的人偶的脸在那天晚上如同半泽臂弯里闭上双眼的波津子的脸蛋。

三名女官人偶中，右边那个似乎尤其相似。半泽涌起一股脱掉人偶那绯红色裙子的冲动，正当龙精虎猛之年呢，他笑笑自己，回到床上，心中想念指腹摸到的那柑橘种子般的疤痕。看着睡在身旁的干子准备就绪的大脸盘，他就觉得厌恶。

不期然看到夫妻联名的婚宴请柬时，半泽的左脸颊又抽搐了。波津子过年来家里玩过，干子还曾送给她披肩之类的礼物，所以联名倒也说不出什么不自然，但想到她调到其他部门一事，就觉得像被别针扎了一下。

---

① 3月3日是日本传统节日女儿节，又称"上巳"或"桃节"。有女孩的人家会摆出做工精湛、造型华美的人偶，祈求女孩健康成长并获得幸福。

"你又不会去的。"

半泽假装若无其事，本想只写自己的名字，遭到了干子的反对，说想把年底做的会客和服拿出来通通风。结婚贺礼按惯例是给一万日元，但干子说"你一向承蒙人多有帮持"，加倍包了红包，让半泽心里沉甸甸的。

没什么可担心的。

进入宴会会场之前，半泽被结婚又离异的女职员拽住，和干子分开走了。

媒人夫妇、新郎新娘、亲友们并排站在入口处，道贺的宾客排成一小列。

波津子或许是化了浓妆的缘故，看上去艳光四射，宛若他人。站在里面那个五官如同老旧的人偶般小巧、身穿只在下摆绣有花纹的普通袖口和服的，大概是波津子的母亲了。半泽内心抗拒从她面前走过。那份心情就像乘坐飞机前在机场通过 X 光检测门时一样沉重。

"恭喜啊。"

"恭喜恭喜。"

半泽高声道贺，自己都怀疑是不是声音有点过大了。放大声音，笑着闲聊一下，左边的脸颊就不会抽搐了。

波津子笑容可掬地行礼："前部长大人。"

他抬头看了看她身边的新郎。

新郎高大帅气，或许因为穿了件雪白的晚礼服，看上去就像一位新出道的歌手。

入席后，新郎新娘开始入场式。干子凑到拍着手的半泽脸旁。

"大町小姐是不是不大高兴啊。你没注意到？"

干子耳垂附近散发出浓郁的香水味。

在出租车里还没觉得气味如此浓烈，她好像在进入会场后又补过。她有个习惯，就是在手提包里放上小指般大的一瓶，用指腹往耳垂上补香水。

"那是三月还是四月来着？"

半泽不想回答。

那空空如也的钱包般扁平的腹部鼓起来，成了气球。位于盲肠附近的那个柑橘种子般的突起怎样了呢？

她会让身着晚礼服擦着汗的新郎碰那个突起吗？

半泽觉得应该还没有。

他眼前浮现出在黑暗的起居室看到的人偶的脸。听着《结婚进行曲》，半泽发现自己正用右手中指指腹摩挲自己的左手指甲。

干子正探出身子鼓掌。

她没发觉。他也曾想过假使她发觉了会怎样，想也都是白想了。

半泽也狠狠鼓掌。

半泽在回去的出租车上小憩了一下。

大概是心力交瘁的关系，醉意也有些上头，干子一和自己说话，他总觉得很烦，一上车就假装睡着了。就这样昏昏沉沉了一路。

适得其所吧。

干子把半泽晃醒，扶他下车，笑说："新娘子上次也在新干线里睡着了呢，不是吗？"半泽心中一悸，不过这点小事，已经不会引起左脸颊抽搐了。

这样的夜晚，只适合泡个热水澡，看看无损无益的电视节目，喝杯小酒，早早睡觉。然而，打开玄关大门，他迎来一张意想不到的面孔。

"呦。"

是大学时的朋友多门。

或许是投缘，两人上大学时，隔不了三天就会互访对方，只是从某个时期开始日渐疏远了。后来，离现在大概是十年之前，两人在公司招待用的饭店走廊里碰了面，于是隔个半年就会在那儿见一次，两人渐渐又恢复了往日交情。尽管如此，上门来等还是头一遭。

"没什么特别的事。"

多门到了附近，一打电话才得知夫妻俩一同去参加婚礼了，因为不想呆呆傻等，所以就擅自进门了："一分一秒地一直等着哦。"

多门戴着一副眼镜。

半泽感觉,半年间,多门消瘦了。

"和你的铁饭碗不一样,我那边遭受了经济不景气和重组的双重夹击啊。胖不起来啊。"

多门扬起笑容,但眼角的皱纹似乎又暗又深。

两人就地对酌一番。

可能是两人原本都已喝得有了几成,在屋外喝了不一会儿,就已酩酊大醉。

就连不擅饮酒的干子也端着甜酒,凑在两个人中间,从旁照应。

忽然,多门说:"我没从你家借什么东西吧?"

印象中没有。

从前确实经常借来借去的。

也有段时期,半泽的钱包就是多门的钱包,两人还合用一本字典,现在不是那种交情了。

"多亏了你,我才捡回一条命啊。"

多门冷不丁冒出这么一句。

"进退维谷,走投无路,真想一死了之了。"

半泽大致估算了一下。

那是大约二十五年前的事了。

多门走出校门，刚找了份相当优越的工作，就感染了结核病。

他暂且请了一年病假，住进郊外的疗养院。那时也刚好有一种成为一时话题的新药在市场上出现，结核已经不是不治之症，但由于他当时进公司未满一年，等同于脱离战线。

那段时间，半泽也整日愁眉不展。

他与从学生时期起就一直交往的干子结婚一事，他的母亲并不知晓。

原因是有段时间，干子曾经为了挣取学费而在新宿的酒吧打过工。

"我唯一容不下的，就是那种翘起小指喝茶之人。"

这是母亲的说法。

战后兑换新币的困苦时期，半泽承蒙母亲兼职用军队毛毯制作外套，才得以进入大学就读，他没有舍弃双亲飞出家门的胆量。

他忽然意识到，原本习惯和干子一起每隔半个月去探望多门一次的间隔也渐渐变长了。

每当两人去探病，多门俨然像是自己的事情一般，担心他们两人接下来的路怎么走，责备半泽的优柔寡断。眼下在无所事事的病床上，唯有这事还能让他提起兴致来。日渐疏远的原因之一，也是因为厌倦了跟多门辩解。

半泽疏于涉足疗养院之后，干子似乎仍然不时探望多门，唯

——一个还站在她那边的多门。

尽管分分合合过了约有一年,半泽和干子还是自立了门户。多门也离开疗养院,租房赋闲三个月左右,重新进入了现在的公司。多门所说的举步维艰的时期,估计是指这段时间的事。

他买了一斤烧酒。

三卷防风胶带。

破了洞的袜子和脏裤衩裹在包袱里,被他在去澡堂的路上顺手扔进了涉谷川。

然后他回到住处,喝着烧酒把门窗的缝隙粘上,只要拧开煤气栓就可以一了百了。正想到这里,他脑海中忽然闪现出从半泽那儿借来的一本一直未还的书。

"意识到自己还借给了别人一本扉页上用红笔写着'乞返还'的书,我便决定去代官山取书,然后就到你那儿还书了啊。"

半泽那时住在三轩茶屋①。多门抱着书,沿着昏暗狭窄的里弄走。

东京的街区还是一片暗淡,依旧残留着烧毁的痕迹。战火里残存的低矮屋檐下百姓家中传来婴儿的哭声。或许是有人倒了洗澡水,掺杂着水垢的令人眷恋的热气从下水道盖板之间袅袅升起。

---

① 日本东京都世田谷区东部地区。

"实在抗拒不了那股味道,那个震撼了我的内心……"

"寻死好傻。"多门以自言自语似的口吻说完,替快见底的半泽的酒杯斟满威士忌。

干子"呼"地长出一口责难之气,起身打开窗户。

那时也是在窗户那里。记忆中,多门从外面砰砰叩响窗玻璃,一言不发地把书推到开窗的半泽手里,扭头就走了。

半泽那段时间正为和干子结婚的费用问题而焦头烂额,毫无深究前来还书的朋友眼中深意的闲心。

"你不记得书名了吧。是野上丰一郎的《西洋见学》哦。里面还有一张戈雅[①]的斗牛图素描。"

这些半泽也不记得了。

厨房飘来煮东西的温暖味道。

干子去厨房准备晚饭后,多门陷入沉默,透过窗户眺望狭小的庭院。

那时的干子还很苗条。

全日本的男男女女都很瘦弱,干子尤其苗条。穿一身时下流行的白色雪克斯金细呢面料的西装。不知是因为没有替换的衣

[①] 弗朗西斯科·戈雅(1746—1828),西班牙画家,西方美术史上浪漫主义艺术的先驱。

服，还是想把最好的一面展示给半泽，领口脏成了浅灰色，她还是穿着这身。

那时，半泽发现那条白色裙子的后面有绿色污痕。

干子说是"坐在草地上聊天时染上的"。可是，只是坐坐，会染得那么绿吗？当他注意到她当时提的包把手脱落、安上的手法很外行时，她又笑着解释："和朋友家的牧羊犬玩时挣掉了。"

牧羊犬难道不是多门吗？难道是因为自己听说有患者晚上从疗养院偷跑出去在树林里幽会的关系？

多门来还书似乎就在之后不久。

干子端进来一个冒着热气的海碗。

里面是切成大块的肉和萝卜一起煮的料理。

"去买纯瘦肉的，结果错买了五花肉回来。可能不合你们胃口。"

所谓的五花肉，是在肋部，肉和脂肪叠成三层的部位。便宜是便宜，但不知是不是煮太久的关系，软软的，没有什么味道。

干子和多门都夹起一大块肉，放进嘴里嚼起来。干子的嘴唇比以往任何时候都红得浓烈，因为油脂而油光发亮，正因如此，就像其他生物叼着肉把脂肪往嘴深处送一样。

或许是光线的关系，就连平素无精打采的多门嘴里也是鲜红鲜红的，看上去就像在吃生肉。

"牛这东西真是不可思议啊,"多门说,"只吃草,为何却产出了这样的肉和脂肪呢。"

这么一说,干子一边用手背擦着因油脂而发亮的嘴唇一边说:"和猪的脂肪相比,到了最后关头,还是牛的脂肪更腻人呢。"

三人一边说还是牛肉更令人吃惊,一边吃肉。

波澜不惊默默吃草般的日常生活,回首看来,长出了大量的肉层和脂肪层。肩部、胸部、腰部都很纤弱的波津子再过二十年,也会变成干子。就像干子没话可说一样,波津子无疑也会寡然无语地变老。

"我,下个星期,去住个院。"

多门说要去肠胃专科医院住院。

"吃这样的肉没关系吗?"

多门以伸筷子夹向海碗里的五花肉代替了回答。

二十五年前来还《西洋见学》从而捡回一条命的多门,今晚又是来还什么的呢?是不是什么兆头呢?半泽思量间,也不服输地一口咬住肉。

曼　哈　顿

妻子离开之后，睦男记起了很多事情。

面包过三天会变硬。吐司过一周会生出青色霉斑。法式面包棍过一个月会硬成棍子。

牛奶就算放进冰箱，过一周也会变质。说到冰箱，睦男从里面发现了装有绿颜色水的塑料袋。不记得买了绿色的冰激凌。左思右想，他终于意识到这是三个月前离家出走的妻子杉子放进去的黄瓜。

记得初中时学过，黄瓜百分之九十七八都是水分。他心中感慨果然太迟了，从那以后打开冰箱成了一件提心吊胆的事。

半夜看着电影，在客厅的沙发上睡着了，直到一直开着的电视发出的沙沙声把睦男吵醒。家中是双人床，醒来时胳膊和身体都呈寻找身边人的姿势。睦男讨厌那样，所以养成了在客厅睡觉的习惯。

以缩手缩脚的姿势睡觉醒来，立刻全身关节僵硬。关节嘎嘣嘎嘣作响，调整过僵硬状态后，公寓邮箱处发出冰冷的声响，早报投进去了。睦男抽着烟，事无巨细，甚至把根本不会买的房产信息和垂钓信息之比目鱼垂钓五要诀都读了一遍。至于男性求职栏则是坚决不看。

他重新回到沙发上，迷迷糊糊睡到接近中午。到了十一点，睦男起身洗脸。溅满牙膏白沫的蒙眬的镜中，映出三十八岁无业男子浮肿的面部。空气似乎停滞了，连时间都腐坏了。

等到十一点半，睦男趿拉着拖鞋，去旁边的阳来轩点了一碗硬硬的炒面。硬炒面会扎到上颚，并不好吃。虽然难吃，但有种虐待自己的快感。他也想过偶尔点些别的，可一落座，还是说了硬炒面。

这一个月都在重复相同的事情。

现在对睦男胃口的只有阳来轩的硬炒面。他唯有吃炒面时还活着，其余时间都如同行尸走肉一般。

他有母亲留下的公寓的收益，还不至于马上就难以维持生计，不过在随时可能失业的当口，不找工作还是不行的。话虽如此，应该没有比之前的那份待遇更好的工作了。所谓事务部门的工薪人员，等同于身无所长，没什么含金量。

睦男叼着牙签瞅了瞅书店，买上一本周刊杂志，不紧不忙地返回家中。商店橱窗里映出睦男瘦高的身影，一如立在厨房壁橱里变硬了的法式面包棍。

"都说那样的是暮气沉沉的体质哦。"

离家出走的杉子从前常这样说。

牙签似乎戳到了白齿的神经。天灵盖疼得嗡嗡作响。

睦男萌生出"离婚之前至少给我把牙整好吧"的想法，又为自己这稍显卑鄙的想法而哑然失笑。因此妻子才逃之不及的吧。

杉子是牙医。

是个长得漂亮，但喜欢摆道理的女人。

有客人来，叫了寿司。如果吃剩下，杉子会单挑赤贝、章鱼等铺在寿司上面的东西全部吃掉，说是这些都是又贵、营养价值又高的东西，不能浪费。虽然道理如此，可每当睦男看到黑色的寿司桶里七七八八地只剩下白色的寿司米饭，有些眷恋之际，他心中一向气质高雅的杉子高昂的面孔看上去似乎也有些卑微了。

杉子喜欢对人指手画脚。

睦男正想喝不加伴侣的黑咖啡，她总会说，对胃有害啊，必定给睦男加上一勺砂糖。

破晓时分做的那个梦或许就是因为这个缘故。

睦男走在走廊里。

那建筑既像商厦，又似公寓。敲门后门打开，睦男正在空旷的房间正中央，请杉子为自己治疗牙齿。头部以下用布盖住，就像搭起一张白色的帐篷。思量之间，睦男变成了接受治疗的睦男。

从那叫什么名字来着，发出嘎嘎嘎嘎的声音，在牙齿上钻洞的器械前端喷出精制白砂糖。精制白砂糖充满了睦男的口腔，满溢的砂糖从他的头部落到地板上，形成一个白色帐篷般的巨大三角形。

痛。甜。懒得开口。

不知什么时候，睦男又变成了站在走廊里端详的睦男。为睦男治疗的并非杉子，而是牙科医生稻田，约一年前把杉子从自己经营的新式牙科诊所开除了的男人。经人介绍，睦男和他只有一面之缘，但他对他的粗短脖颈和戴在小指上的金戒指留有印象。现在想起来，杉子当时对于稻田格外彬彬有礼似乎也事有蹊跷。

睦男头部以下成为一片闪闪发光的平台，精制白砂糖发出哗哗沙沙的声音的同时，堆起一座白色的金字塔。好疼好疼——正当这时，睦男醒过来。电视依然开着，一边闪着白色的条纹状雪花，一边发出相同的声响。

睦男行走在路边。

贴着石灰围墙走，几乎和墙摩肩接踵。并非他认为失业之人不配走在马路正中央，只是想这么走而已。

一旦下了这样的决心，尽管这和硬炒面是两码事，但如果在近期内不持续如此，他总是心神不宁。

从阳来轩出来，他顺路拐到书店，买了一本周刊杂志，途经一贯的路线回到公寓。他一到家立刻到厨房，确认了立在壁橱里法式面包棍的硬度后，喝了一杯水。然后他歪在沙发上，从头翻阅周刊杂志，到了七点新闻时间开始喝啤酒、取外卖，这就是他每天的惯例。

然而，那天未能如愿进行。走熟了的路被卡车堵住了。似乎是有家店在改换门面，往外运拆除下来的旧建材。那条从主干道一下拐进来的羊肠小道上，也是尘土满天飞，明知抽身绕路比较好，但睦男没有那样做。他一旦决定从这条路走，无论如何都要过去。若是在此屈服妥协，今后便再也挺不起腰板做人了。

睦男半眯双眼躲避尘埃之时，意识到这家店直至昨日还是一家卡拉OK。这家店只有一对四五十岁的夫妻经营，睦男突然变成光棍之后，不时前来照顾生意。

时隔不久，就在昨天还是前天，没见有什么迹象来着。拆迁和改建还真跟遭受背叛的丈夫如出一辙，意识到时，事态已然不可收拾。

"之后会怎样呢？开个新店吗？"

睦男询问指挥拆迁的男子。那男人没有吭声，敲了敲张贴工程许可的告示板。店名改成了"曼哈顿"。

"好好听听人家说话嘛。"

分居之后，杉子的口红颜色变艳了。两人在咖啡厅相对而坐，杉子看上去似乎年轻了五六岁。言辞苛刻，但举止中暗藏娇媚。即便在决意散伙的丈夫面前，仍然难掩那副展示给其他男人的模样。

睦男在听杉子说话。

并不是从公司破产后才腻烦的哦。可能她觉得我没有全力以赴地去找工作，这种生活方式与她不同吧。

原以为送走母亲之后，两个人关系会渐趋和谐，没想到性格差异导致他们之间冲突越发多了起来。

没有孩子反倒是件幸事。

字句入耳。只是，不知何处传来别的声音。

"曼哈顿""曼哈顿"。

起初是缓慢回响、无边无尽的磁带声。

睦男觉得"曼哈顿"应该是家酒吧。大概是那种以吧台为主，仅能容纳十二三人的狭小而整洁的店面。

睦男清晨起来就去看一下工程的进度，中午瞅一眼，傍晚不再次去看看便寝食难安。或许因为只是经济省事的简单装修，半天不见，变化之大就让人咋舌。

为何如此执著呢？

是不是对"曼哈顿"这个名字有什么特别的记忆或往事？睦男百思不得其解。

"曼哈顿""曼哈顿"。

就像小家鼠从早到晚蹬小车一样，那声音在睦男心中反复回响。是那声响好听？还是说不论什么都好，只是希望有动静在心中鸣响？

车轮转动之间，公司破产也好，被杉子责骂死气沉沉也罢，甚至连八卦自己为遭妻子背弃的男人的公寓邻居的视线，一切都不再让他烦恼。

他在阳来轩没点硬炒面，换成了冷面。

睦男不再每天必去，改成穿着睡衣卧床睡觉。黎明时分，有时眼一睁就伸手摸旁边，似乎自己紧紧拥着梦中的"曼哈顿"一般。

文件和行李什么的，改天再去拿。说罢，杉子欠身起立。

"找工作的事，还没眉目吗？"

说话间，杉子洋洋得意地抓起发票，也不再板着面孔。咖啡钱不过一千日元，谁付都无所谓了。再过两天，"曼哈顿"开业。

回家路上，睦男瞅了眼"曼哈顿"。内部装修正在最后的紧要关头。已经相熟了的工匠们似乎今晚将通宵赶工。

"那可真够累的。给你们送些夜宵来吧。"

"麻烦你了，不用了。夜宵妈妈桑会来送的。"

正贴壁纸的一位年长工匠答道。

"是嘛。这家店有妈妈桑吗？"

本想问妈妈桑是不是一位美女，按捺心情先不着急。转念想，期待还是留到开业那天揭晓吧，他探进店里的半个身子抽了出来。

一出来，立即飞来横祸，他一屁股蹲到了路上。

取"曼哈顿"看板的施工人员把一个小工具掉在了睦男的头上。

要是砸到的地方不巧可就麻烦了，还好伤情仅限于额头擦伤。尽管如此，大概是气血贲张的关系，血还是一滴滴从他按住额头的指缝里滴落。他到附近的医院做了脑电波检查，谨慎起见，住院观察了一晚。

工程负责人随即前来道歉。

他应付着说了些对不起之类的话，在得到睦男属于无关人士窥视店里、出门时碰上事故的确认后便回去了。睦男正担心千万别出什么大事，对于这些事根本无心理会。他很想说一句"早点让我一个人清静清静"。

老实说，受了这样的伤还真可气。还不如锤子之类的砸下来，脑袋开了花，为"曼哈顿"殉情而死。

住院期间，妈妈桑来了。"曼哈顿"的妈妈桑前来探病。无巧不成书，睦男借此和"曼哈顿"以及妈妈桑有了比任何一位客人都深刻的渊源。

睦男心中的小家鼠现在车轮蹬得没那么风风火火了。

"曼哈顿""曼哈顿"。

事与愿违，妈妈桑是个不怎么亮眼的女人。有个女孩名叫奥莉芙，是大力水手的女朋友，手脚像是用钢丝编成的一样纤弱细长，她就相当于把妈妈桑缩小两倍的迷你版。

妈妈桑年纪约莫在三十上下，肤色黝黑。

她一个人把一个从二十四小时便利店买来的包装豪华的果篮放在床头柜上。同病房病人的孩子，看着他一脸诧笑。

"是您的孩子？"

"老婆都没有，要是有孩子不是糟了。"

妈妈桑一脸意外。

"怎样呢，第一天感触如何？"

"嗯，在自我推销方面算是成功的吧。"

睦男忽然想起还在公司时和部长的一番对话。

"曼哈顿""曼哈顿"。

得偿所愿。

那天晚上，睦男在硬邦邦的医院病床上睡了三个月来的第一个好觉。

"曼哈顿"开业那天，睦男比任何一位客人都受重视。

头上的绷带讲述了一段故事，睦男也有种这里是自己家的店一般的感觉。

新店开张，不足之处还比比皆是。

一听店里没有写发票的签字笔了，睦男马上赶赴文具店。半夜听说柠檬不够了，他立刻敲门把水果店老板叫起来，为店里买下所有的柠檬。

睦男每晚都去"曼哈顿"。

过了五天,取下了绷带,他总觉得有点空虚,但店里对他仍然毫不怠慢,即便在常客中,他也享受着特别的待遇。

睦男也倾情相报。

听到一位名叫八田的常客抱怨"这里的椅子好是好,可坐得屁股疼啊",妈妈桑向他道歉,睦男就一路小跑回到自己的公寓,拿来大小正合适的坐垫送给店里。

"总觉得空落落的,是不是空着的关系啊。"

八田似乎有所顿悟地说。

"不好意思,画太贵了。"妈妈桑说。

睦男又小跑返回公寓。

他抱着原来挂在卧室的版画回到"曼哈顿",默默地挂到墙上。

睦男钉钉子,八田配合着提示"再稍微偏右上一点"等等,妈妈桑把身体靠到了正在调节版画挂绳的睦男的后背上。

这样一来,奥莉芙也不错。睦男对于妈妈桑和他一样胃不好,都是软弱无力型体质这一点十分中意。

这个女人,应该不会像杉子那样,单挑客人剩下的寿司上面的配料吃掉才算完吧。

傍晚,睦男趁着太阳尚未落山,出门去"曼哈顿"。

前方不再走路边的睦男狭长的身影稍稍前倾地迈步走着。前倾的法式面包棍和奥莉芙一结合，简直天生一对。

来往有一个月了，客人稀疏的空当，睦男聊起了自己的境遇。

也就是牙医老婆有了别的男人背弃自己的事。以及公司破产，因为有母亲留下的公寓收益，才并未慌神之类的，他毅然决然地把家丑和盘托出。睦男约妈妈桑去两条马路之隔的自家公寓听唱片。

打烊的时间到了，可常客八田没走，仍然坐在店里。睦男无奈之下返回公寓，刚刚到家就传来敲门声。

敲门的方式有所顾虑，似乎在忌惮周围邻居。睦男正要洗澡，只穿着一条内裤，便先应了一声，匆忙穿上裤子，把半开玩笑说是立在那儿防贼的法式面包棍塞进壁橱之后，才打开屋门。

他本想应该是妈妈桑站在门口，但门口空无一人。好像是她敲了敲，又犹豫了。算了。都到了这儿了，接下来只是时间问题。同为软弱无力型，慢慢来吧。

"曼哈顿""曼哈顿"。

心中一度兴高采烈欢天喜地的大合唱此刻或许是心满意足了的关系，渐渐平静了下来。

睦男因为家里物品一事，和杉子起了口角。

杉子诘问道："我的画是怎么回事？"同床共枕了十年之久，

哪件东西归谁所有已经很难分得清清楚楚。把画从"曼哈顿"要回来并不难，但那就如同将刚刚结出的果实摘掉。

睦男说："我赔。"杉子盯着他看。

"是不是拿到什么地方去了？"

睦男记得这锐利的眼睛。那是大约二十年前，母亲投向在外有了年轻女人、搬出家门的父亲的视线。

父亲也经常把家里的东西拿出去。挂轴、能乐面具、新式收音机。

杉子对睦男拿画出去所送的对象显露出嫉妒的神色，从这表情看来，睦男判断她和新男人大概进展并不顺利。

工作也会找的。重整旗鼓吧。

总觉得这么说的话，就又回到过去了似的。睦男默默地在离婚协议上签了字。

"曼哈顿""曼哈顿"。

小家鼠不紧不慢地蹬着车轮。

三月份过去了，找工作、与妈妈桑的交往，二者形势都不明朗。

周一下了雨，周日已经急不可待的睦男早早出门前往"曼哈顿"。可是，店关了。

手握白条的酒家和肉店在店前高声和房东交涉。好像是因为合同发生过纠纷，这店关得跟欠债潜逃差不多。

这时，睦男才知道八田就是妈妈桑的丈夫。"曼哈顿"是用八田的姓氏所取的名字。①

"曼哈顿""曼哈顿"。

睦男心中从早到晚蹬车轮的小家鼠死了。

他回到公寓，窝在沙发上，虫牙阵阵剧痛。

有人在敲门。

敲门的方式有所顾虑，似乎在忌惮周围邻居。是妈妈桑。是来还画，顺便道个歉的？

打开屋门，门口站着一位并不相熟的老人，莫名其妙慌慌张张地问："有伞要修吗？"

睦男回说没有，关上屋门。从没听说有晚上上门修伞的，他心中突然一惊，该不会是来踩点的吧。

那张脸似曾相识。

仿佛立在玄关门口的法式面包棍一样，僵直发硬成了茶色——难道是二十年前离家出走的父亲？

又在敲门。

似曾相识的敲门方式。

---

① 在日语中，"八田"的读音与"哈顿"相近。

有所顾虑，似乎在忌惮周围邻居——曾几何时，自己咬定是妈妈桑的那次敲门，如此说来，难道是父亲？

被女人抛弃了吗？来要钱了吗？

一开门他就会进家门。

进来便是整日坐在沙发上，一天到晚地看电视，中午就吃一碗硬炒面——

死去的母亲常说："你的行径简直跟你爸一模一样啊。"

敲门声还在继续。

狗　窝

大概是身子越来越重的关系，达子分辨下一站下车的人的本领越来越高超。

等过了三个月，就算不情愿，肚子也会凸出来，默不做声也能有人让座。现在是最尴尬的时期。

每当车上附带的广播开始以震耳欲聋的声响叫喊下一站站名，达子就一边抓着吊环，一边扫视坐着的人的眼睛。大家看似面无表情地坐着，其实即将下车的人都有即将下车的表情，对于这一点，达子已经了然于心。

车开得速度相当快，但乘客们或许并非自己动或跑的缘故，全都一脸凝固的表情。他们即将下车时，先从眼睛动起来。如果能够早早站在那人的斜前方，无疑可以得到座位。

周日傍晚，电车拥挤不堪。达子依照一贯的做法得以落座，不过即使不着急也能找到座位，因为那一站是个大型的换乘站，很多携家带口出游返回的乘客如退潮般纷纷下车，憋闷的车厢内仿佛吹进一股凉风似的，有了富余空间。

前面的座位上坐着一家三口。

一对年轻夫妻和一个五岁左右的男孩。父母把孩子夹在正中间，三个人往前趴着打盹，脖子像断了一样。

感觉上他们是平日里简朴度日，经不住孩子央求，尽最大努力精心装扮一番，去动物园玩耍归来的。唯有一点不相称的是一台看似昂贵的硕大相机，按着相机的男人的手似乎并非握笔之人的手，而是出卖体力挣钱的男人的手。

妻子正在酣睡，她和达子大体上年纪相近，离三十大概还差两三岁，膝盖外撇，双脚开成菱形。应该是个心宽体胖的女人。

达子发现她好像怀孕了。

达子有了身孕之后，可能一门心思想坐下吧，不仅可以瞬间分辨下车的人，还能马上认出和自己一样怀了孕的女人。

那个女人和自己一样。

预产期或许早一两个月，丈夫的年纪和男孩的岁数也与自家相仿。不同的是，达子的丈夫正在家大睡。

丈夫是在大学附属医院工作的麻醉医生，可能是工作紧张的关系，若是那周手术量繁重，周日就一整天待在家里，像是打了麻醉一样蒙头大睡。日复一日地拖来拖去，已经五岁的大儿子至今还没看过熊猫。

达子穿过握着吊环摇来晃去的人们,打量着忽隐忽现的一家人。我们家和这一家,哪一家人更幸福呢?

或许是要等待交通信号灯,刚出站的电车忽然停了下来。在前排座位上熟睡的丈夫一惊,抬起头,可能在想是不是坐过站了,紧张地打量着窗外。

达子险些叫出声来。

是小川。

是鱼店的小川。

达子发现自己好想藏在前面站着的人背后。本想要不要起身转到旁边的车厢,她欠起身子,转念一想,那样目标反而更明显。

小川登堂入室整天泡在达子娘家,是达子还在上短期大学的时候,因此,说起来没有十年也差不离了。

傍晚,她牵着当时家养的名叫影虎的秋田犬出去散步、顺便购物时,影虎到了鱼店的店前,叼走了盛在盘子里的乌贼爪。

乌贼散落在路上。

达子呵斥影虎,向老板娘和店里的年轻伙计道歉,可那年轻伙计似乎很喜欢狗,说着"要吃乌贼啥的就站起来哦","嗖"地扔给影虎一块中等大小的青花鱼还是什么鱼的中段。

没好好驯养过的结果就是,影虎三下五除二就把鱼吞进了肚子。

达子将歉意和感谢一并道上，牵着狗回家了。还有一条街就到家时，影虎的情形有点不对劲。

它蹲在那里，后脚软得站不住，发出奇怪的哀号。达子再怎么呵斥都不见动弹，说话间，它嘴里还吐出了泡沫。

达子请附近的人帮忙，好歹把它硬拽回了家，但看它那痛苦挣扎的样子有些不同寻常。她把它绑在藤架上，请兽医上门出诊，打了两三支针之后，影虎"噗"地吐出外表已经化掉的鱼来。从鱼肚里出来的是一只玩具汽车大小的河豚。

当天夜里很晚的时候，鱼店的年轻伙计前来谢罪。狗吐出河豚后，奇迹般地又活蹦乱跳的了，而且事情的原委就是如此，他们无意把事闹大，不过该说的还是说说清楚比较好，达子的父亲便给鱼店打了个电话。

年轻伙计不停地在玄关的三合土①上叩头谢罪。

说是原本该和老板娘一起前来，但老板的身体状况又恶化了，于是老板娘把一条特级比目鱼放在盆里差他带来以示歉意。

鱼店原本由一对四五十岁的夫妇经营，可老板患上了肾病。这样一来，老板只有在做刺身时才站着工作，其余时间都坐在门槛上，脸色浮肿发青，张望着来往行人，烟不离手，不久就在二楼时而昏

---

① 三合土是一种由三种材料经过配制、夯实而得的建筑材料，不同地区的配方亦不相同。

迷、时而清醒地卧床不起了，由年轻伙计来替他干活。

年轻伙计是老板娘的远亲，是个个头高大相貌堂堂的青年，脱下橡胶围裙换上帅气的夹克站在玄关处时，甚至曾被达子误认作正在上大学的哥哥的朋友。

他道起歉来没完没了，终于回去了。可达子刚刚关上玄关的门，又听到年轻伙计高声呼喊："对不起啦。"

年轻伙计正襟危坐在房前狗窝前的草坪上道歉。印象中觉得这都有点像演戏了啊。这就是鱼店的小川。

没过三天，小川又出现了。

他自称是来探病的，带来白肉鱼，喂给影虎吃。他跟受之惶恐的达子妈妈解释说，这是卖剩下的，因为喜欢影虎，所以带来给它吃："没事的，我把鱼肠都掏干净了哦。"

他喂影虎吃东西之前，每次必来给达子妈妈看一下。

狗就是很势利眼的动物，影虎跟小川亲近起来，一见他提着装有鱼杂碎的汽油桶的身影，人在客厅都听得到影虎那有大人的手腕般粗细的尾巴打在狗窝壁板上的声响。

不到半个月，带着影虎散步就成了小川的差使。

影虎是从达子哥哥的朋友家要来的，刚来时原本只有猫咪大小，眼看着越长越大，刷毛、遛狗也就成了马虎不得的大工程。

承诺"麻烦的话我来应付"的哥哥在影虎长大之前，和大学同年级的女朋友到了半同居状态，时而回家，时而不回。说句实话，这么大个儿的狗这时候简直成了家中的大麻烦。

自从小川帮忙照顾之后，或许是伙食也好，打理得也用心，影虎如同变了一个模样，毛发变得光泽健康。

妈妈抱怨"不是小数"的狗粮费用也拜小川带来的鱼所赐，形同免费了。

"买件衬衫什么的吧。"妈妈把一点零用钱包在信封里给了小川，小川就说那重修一下狗窝吧。

影虎还是小狗仔时，一家人从没想过它会长那么大，当时买的是仅够它容身的最便宜的成品，如今已经十分逼仄。影虎不愿进窝，下些小雨时，在外面淋得湿答答的。

小川花了周日一天时间，买来木材和油漆大干起来。

薄暮时分，达子抱着球拍回来，看到拴在门柱上的影虎嘴巴四周沾着血，吓得胆战心惊，镇定下来仔细看看，以为是血的东西原来是红漆。

玄关一侧出现了一个让人哑然失笑的大大的狗窝。肯定是拴在旁边立柱上的影虎跟干活的小川嬉戏，舔到了狗窝房顶上涂的红漆。

那天晚上，小川第一次进了家里，和家人一起吃晚饭。说是家人，其实因为哥哥不回来，也就是爸爸、妈妈和达子三个人。

"你大概每天都吃鱼吧。"妈妈花了些心思，准备做鸡素烧。小川一个人吃光了一锅鸡素烧，和爸爸把酒言欢，其乐融融。

自从哥哥离开家之后话明显变少的爸爸，那天也破天荒地露出了大白牙，放声大笑。

小川很健谈。

虽然不能声张，但医生说鱼店的老板已经时日不多。夫妻俩膝下无子，透露了收小川为养子、继承鱼店的意思，只是还没下定决心。

"鱼也是没头的好啊。有头就有眼吧。一开始我也很害怕。"

"可没有一开始就是成段成段的鱼哦。"爸爸插科打诨道。

鱼店这是传到了第三代，如果拆掉里面的两间房子，是块不小的地皮。在那儿盖个大楼，光是租金就足够过日子的了，再考虑到遭到超市排挤的街边鱼店将来的发展，他觉得开家干净整洁的小店也不错。是开茶馆好呢，还是开酒吧好呢？小川盯视着达子的眼睛说着。

吃完鸡素烧，饭后西瓜也吃光了，小川还没有起身。

"咯吱咯吱。"

他展示了模仿鞋子走路时发出声响的口技。

他似乎很怕话题一断，主人就会说"那么，今天就到这里吧"，因此一直滔滔不绝，点上了烟。他认为，只要香烟飘着青烟，主人就不会说"结束吧"，所以才这么做。

这样的时候,小川的眼睛看起来明明在笑,却又哭丧着脸。

小川带着哭丧着的眼睛说起了狗地图的事。

好像是从谁那里现学现卖的,说是狗心中有份狗地图。

他说,这和人类认为的地图是完全不同的东西,是指在哪里和哪里的电线杆及墙根处沾有我的味道。哪里有淘气包,哪里有人家给好吃的,哪里有钟情的母狗,全都在狗的脑海中绘成一幅地图。

一向早起的父亲忍不住打了个哈欠,妈妈趁机起身铺好棉被,小川终于回去了。

"狗地图哦。"

妈妈念叨了一句。

爸爸说:"那是说他自己吧。"他似乎对此了如指掌。

从第二天起,小川似乎感觉极其理所当然一般,从厨房进了内室。

"锅,锅,大大的锅。"

他边说边把带来的鱼放进炖菜用的大铁锅里煮起来。整个家里都飘散着腥臭味。

小川趁煮好的鱼放凉的时候,带影虎出去散步。一回来,他就哼着小调仔仔细细地给影虎刷毛、喂食,把剩下的鱼放进密封容器,打开冰箱放好之后回去了。看那身手,似乎好多年以前就在这样做,早已驾轻就熟。

回来取换洗衣物的哥哥对影虎说:"你的气味变了嘛。"的确就是在那个时候。

影虎黝黑突出的嘴巴凑过来,试图舔哥哥的脸颊,哥哥念叨着:"一股鱼腥味啊。"用手把它的头扭了过去。

每天都是这样,倒是没有留意,不过在小川照顾影虎之前,可确实没有每天都大鱼大肉地喂它。

"行啊,找到主儿了啊。"

哥哥带着戏谑的口吻一笑,口口声声说这就可以放心离开了。说罢,他背起比以往更大的包出门了。

小川的确是个得心应手好使唤的存在。

台风过后,松树枝桠折断压在房顶上,上房清理的是小川;浴盆的瓷砖掉了,来修理的也是小川。小川也慢慢开始管爸爸叫父亲,管妈妈叫母亲了。称呼达子时,也和妈妈一样,叫小达。

吃西瓜的时节,爸爸和妈妈应邀参加亲戚的婚礼,留宿一晚。那是在影虎误吞河豚引发事端恰好一年以后。

经历战火蹂躏残存下来的家已是千疮百孔,但占地面积摆在那儿,总算瘦死的骆驼比马大,因此,达子盼着哥哥能回来,四下联络,却不知是被女朋友管得死死的还是怎样，哥哥连个电话都没回。

小川每天在鱼店打烊吃过晚饭后才来遛狗，所以大致在九点左右。

一如往常，煮鱼的味道在家中弥漫。影虎大概在为小川的到来而欢欣不已，日渐肥大的尾巴敲打着狗窝。

"达子一在家，小川给狗刷毛的时间比平时翻倍了呢。"想到妈妈曾经这样说过，达子心中多少浮出一丝不快。

她耳畔传来小川带影虎出去散步的声音。他嘴里哼着貌似外国电影主题曲的调子，看那样子，像是为了哼给达子听，死记硬背下来的。

明知他是和自己打招呼，达子故意装作茫然不知。从窗户里目送小川和影虎出门远去后，达子洗了个澡，以便去除沾满全身的鱼腥味。小川骑自行车慢悠悠地遛狗到公园，玩会儿投接球游戏再返回家中，要花约莫一个小时。

达子穿着浴衣在起居室看着电视，品着爸爸喝剩的红酒。

不知道什么时候好像打了个盹。影虎扑上来，唤醒了达子。

"你怎么到起居室来了？"

达子迷迷糊糊地把影虎的头扭到一旁，拨拉开凑到嘴边的热乎乎的舌头，说完"一股子鱼腥味啊，你"，回过神来。

不是影虎，是小川。

"失礼了。"

达子不知是如何摆脱继续紧紧纠缠不放的小川的,等清醒过来,她发现红酒杯碎了,自己跌倒在地板上。

次日早上起床后,她身体各个关节隐隐作痛。肘部和膝部都有了淤青。

就像爸爸每天做的那样,达子到门口的信箱里去拿早报。

从小窝里走出的影虎摇摇尾巴。因为有昨夜那一出,虽说不是狗的错,但今早就连看到狗的样子都觉得厌恶,达子忙把视线转到一边,可影虎的嘴巴红红的。

"不能啃房檐上的油漆啊。"说完她发觉,那并不是油漆。像是血一类的东西干了之后粘在嘴上的。是不是咬死猫什么的了,达子往狗窝里一看,惊慌失色。

她看到了一只穿着运动鞋的男人的脚。小川的身体塞在大得过分的狗窝里,鼾声如雷,酣睡正香。

他喝了烧酒,钻进狗窝睡着了。达子本想上前把他晃醒,脚下一绊,看到一个安眠药药瓶,这下当真僵住了。

小川从营业到深夜的超市买了药,打算自杀的。想来影虎嘴上的血是为了把鼾声如雷沉睡不醒的小川叫醒,或是和他闹着玩撒娇啃咬时把他弄伤所致。

所幸药的剂量不够，加上影虎的啃咬，小川渐渐恢复了知觉，就像什么事都没发生过似的，三天之后，他回了乡下。

达子并未多言，但父母似乎多多少少察觉了些什么。

没有了小川，影虎的毛发失去了光泽。那年年底，达子和当时还是实习麻醉师的如今的丈夫相亲结识了，下定决心嫁给他的原因之一或许就是他身上的那股酒精味。

第二年，未到樱花时节，鱼店就因老板过世而关门大吉了。由此可见，也根本没有把小川收为养子那回事。老店拆毁，和几家共同开发，如今成了大厦。

影虎也于两年后因犬瘟热而病毙。

如今想来，或许那个近乎滑稽可笑的狗窝就是小川本人。

达子心想，假如自己和他的妻子都没有怀孕，或许会去和他打个招呼。

达子换乘的车站到了。

穿过人群，她看到了一家三口叠在一起熟睡的样子，和小川那紧紧按住大得与主人不相称、总往下滑的大相机的手。

男　　眉

等回家来迟的丈夫等得精疲力竭，趴在饭桌上打盹的麻做了个奇怪的梦。

丈夫在和地藏菩萨打麻将。

地藏菩萨有三种形象，系着红色围嘴坐着，全都安详地冲着丈夫笑。笑声是女人的声音。

麻上小学一年级时，妈妈生了妹妹。

她放学一回到家，听到垂帘后面有婴儿的哭声，奶奶和声音有印象的稳婆在说话："太好了，太好了。这孩子一副地藏菩萨的面相。"

麻把书包和草屦放在烈日暴晒的走廊里，背朝着帘子，边晃脚边寻思："地藏菩萨的面相是什么意思呢？"

走廊起了白花花的毛边。

别家的走廊都是茶色的，闪闪发光，脱下的袜子搭在上面都会滑下去，可我们家的像是用竹刷子刷过似的，都起毛刺了。妈妈说是因为这是租来的廉价简易房，木材劣质。奶奶背地里说，还不都是你妈的事。

奶奶总是太阳穴青筋暴起，以一副苦大仇深的模样擦拭着走廊，嘴里念叨着："我们也受不了啊，再磨磨都要磨没了。"确实，起毛了的不仅是走廊。从玻璃窗的窗框、门柱、榻榻米，到洗澡桶、饭桶，乃至妈妈的手、脚后跟都起了白花花的毛刺。每次妈妈穿上绸子衣服，都不断响起衣服被刮到时发出的刺啦刺啦声。

帘子深处传来奶奶和稳婆的声音，但妈妈一声都没吭。

麻悬空的脚下，有个干枯了的福寿草的花盆。枯立在盆中的新年之花布满茶绿色的纵向纹路，看上去就像一只张着嘴死去的金丝雀雏鸟。

之后，麻被遣去买豆腐。

她本想去看看刚出生的妹妹，可奶奶递过那坑坑洼洼凹凸不平的铝锅时，口气从未如此不由分说，容不得她说不。似乎听到她们说到胎衣啊、埋掉之类的话。

奶奶一边和往常一样，用大镊子给麻拔着眉毛之间的毛发，一边为她讲述所谓地藏面相，指的是像地藏菩萨那样弓形的慈眉。像麻那样如果放任不管就会连到一起的浓眉好像叫男眉。奶奶把眉毛的长法称作面相。

长有地藏眉的女人为人温顺本分，惹人疼惜；而长着男眉的人，如果是男人，或重振破败之家，或易沦为大盗、杀人犯之类的穷凶极恶之人。据说女人长男眉的话，则是夫运不佳的面相。说这些话时，奶奶念经似的抑扬顿挫。

　　麻有些担心两眼之间寒光闪闪的镊子，但没办法，几乎十天就得请奶奶拔一次。她忽然想到，前阵子做醋腌青花鱼时，奶奶去小刺用的就是这把镊子。这话跟奶奶一提，奶奶总是不理，说不是啊，那是另一把镊子啊。可打零工做针线活儿的妈妈和奶奶好像常常互相指责，就那一把剪刀，谁给藏起来了，要用呢。剪刀就此一把，镊子能有两把吗？

　　麻一想到这里，就觉得猛然一阵鱼腥味袭来。不知是否心情作怪，自从妈妈生了妹妹之后，家里的气味变了。之前只有岁月经久的家特有的干鲣鱼味，现在却是打开闷热的饭桶盖时的那种馊味。或许是婴儿尿布或者奶水的气味吧。麻原来很爱闻爸爸的烟丝味，爸爸当时沉迷于麻将，不着家了。爸爸去的大概是个名叫"TENHOU"的地方。奶奶和妈妈提到这个地名时，就会变成咬牙切齿低沉的声音。让人感觉，这个家中沉重的空气都是这个名叫"TENHOU"的地方造成的。麻知道"TENHOU"是天和[①]，指的是麻将和牌的一种，已经是二十年之后的事了。

---

① 在日语中，"天和"读作"TENHOU"。

宝宝每天睡在妈妈身旁。

跟麻的那个大个儿日本人偶娃娃同样大小。身长相同，圆溜溜的，厚厚地包在一个半张榻榻米大小的婴儿襁褓中。探头一看，如同焯过水似的紫红色脸蛋上，长满淡肤色的胎发，只有眼睛上方从上下两边向中间集中，仿佛滋生的苔藓一般纠结繁茂。众口盛赞"真好，太可爱了"的地藏眉就是这样？好像没什么了不起的嘛。

熟睡的妈妈枕边摆着一个放在盆里的濑户的带盖容器。奶色的浊白上，一条暖红色的线，就像蜡烛牵着芯一样，寂然放置其中。麻很喜欢这个容器。里面放着灶糖。这是奶奶为了让妈妈下奶买来的。麻取下盖子，拿了一块糖。刚伸出手来，手背就狠狠挨了打。

是妈妈。打得毫不留情。妈妈带着一双哭过的眼睛。麻留意到妈妈也长了副男眉。

丈夫有时说麻："你很无趣。"

"无趣是指什么？"

隐隐约约猜得到，但她故意要问。

回答是："问这问题就是无趣。"

麻出门购物时顺道走进半年里一次都没逛过的书店，找到厚厚的词典查了查。

字有些模糊，看不清楚。

早知这样就带老花镜来了。拿着老花镜站着看书这事本来也有点可怜兮兮。麻把词典拿远一些,眯着眼使劲看,店主过来搭腔:"要借眼镜用吗?"

店主是个其貌不扬、六十岁上下的小个子男人,尽管如此,大概是男人的脸还是宽一些的缘故,麻一向下看,借来的眼镜就往下滑。

无趣:①缺乏趣味。净琉璃剧《会稽山》:"鞠子川之着衣之道,何其无趣也。"②冷淡,冷酷。净琉璃剧《天纲岛》:"小春之泪流蚬川,掬而饮之,徒有凄凄无趣情。"

大致有如所想,可笑的是,做这种事才会被说无趣的吧。厚词典出乎意料地颇有分量,麻把它放回书柜时将其失手掉落在地。刚下过雨,地板上湿漉漉的。加之有借人家老花镜的短处在,最终,麻只得买下了那本词典。

像这种情况,假设是个会撒娇的女人,说上一言半语对书店老板胃口的话,差不多就能蒙混过关全身而退了吧,可麻认定自己凭这张眉型凌厉的脸和粗犷的体态做这事并不合适,也不会有效果。首先,她连说什么好都毫无头绪。

词典花了三千日元。放在购物袋里,分量跟买了萝卜和土豆差不多,麻菜店、鱼店一律过门而不入,直接回家。

她走路时双手换来换去轮流提着购物袋,擦肩而过的女人们见了纷纷品头论足。

假定只有丈夫和一个女人顺水漂到了无人岛，那个女人，丈夫大概要等一个月才会下手，换作这个女人呢？大概是当天吧。下一个呢？这种女人，丈夫就算等三个月也还是不会下手的吧。接下来应该是女人主动出击。麻一边走一边想。

人在考虑这种愚不可及的问题时是什么表情呢？麻瞧了瞧映在商店镜子中的自己，还是和平时一样闷闷不乐，心里不知道是什么滋味。

丈夫喜欢纤瘦肤白的女人。

让他看着电视说起"那个不赖"的，大体都是这一类型的女人。这类型的女人声音甜美，说起话来柔声细气，头发也是稍带茶色，柔软顺滑。还有就是两弯淡眉。

麻和丈夫相亲有了结果，定下婚礼日期那阵子，丈夫到家里来玩过。因为年龄的关系，对于吃喝玩乐日渐失去兴致的爸爸和不久即将成为女婿的丈夫把酒言欢之间，聊起了麻的长相。

麻把酒肴装在盘中端进茶室，听到"毛发重"这个词时，要是有把刀，她说不定真会捅向爸爸。就算他死了，她也绝不会为之哭泣。丈夫一副臭脸，默默把酒往嘴里送。

丈夫并未嘲弄麻这个人生最自卑之处，但常说骨架这回事。

"一个骨灰罐都装不下呢，你。"

"一个女人家的，装两个骨灰罐，多丢人啊。拜托了，给入殓师塞点小费，就说要是一个罐子放不下，其余的就丢了吧。"

心情好时倒是可以这样说说，要是心烦意乱，麻就压根不想搭腔。有时当真觉得，哪怕一天也好，她就是要比丈夫多活一天。

爸爸的葬礼过后，酒醉的丈夫对穿丧服的女人品头论足了一番。爸爸是以接近米寿的高龄在睡梦中无疾而终的，葬礼上甚至有人寒暄用到"恭喜"这个词。拾骨完毕，返回家中，酒劲上来，耳热微醺之时，丈夫说起穿丧服的女人，把她们分成了两类。

"坚强勇敢的和悲悲戚戚的，分成这两种吧。"

麻希望在被点评之前先开口。

"我属于坚强勇敢型的吧。"

"那不是一目了然的吗？"

十位左右男性亲友在新骨灰盒前团团围坐，也趁着从火葬场归来的亢奋劲，开始将在葬礼上现身的身着丧服的女人们一一区分为悲悲戚戚型和坚强勇敢型。

丈夫本身是这话题的始作俑者，几杯酒下肚，成为其中最为侃侃而谈者。

"穿着丧服，呜呜呜呜地哭得昏天黑地的女人该归入悲悲戚戚型吧？"

"哭的时候是呜呜的吧，用四个'呜'字会不会太多了？"

一位自立门户、体形微胖、身体和脸颊都酷似里脊的叔父反驳道，大家一阵哄笑。

最后，两天前丧夫成为寡妇的七十五岁老母也被归到了勇敢坚强一类里。当时在场的五个女人中，被划归为悲悲戚戚型的唯有麻的妹妹。也就是在麻读小学一年级时出生、长着地藏眉的妹妹。

她按说已经四十出头，但下巴处依旧比较饱满，和年轻时相比没怎么改变。

丈夫说麻："这家伙啊，比起丧服，还是穿上裤裙、扎上白头巾，来段白虎队①的剑舞比较相称啊。"

妹妹听着，并未否认，只是笑吟吟地听着。

这个妹妹笑起来不作声响，遇事也不会立即说出个是非黑白，而是等到周围人意见都发表得差不多后，经过细细琢磨，再表示赞同某一个人的说法。看似灵敏的麻身无所出，迷迷糊糊一晃就是二十年，整日为丈夫的事而左牵右挂，为人处世之道也始终没摸着门路；与之恰恰相反，妹妹在女性亲友中，最早拿到了驾照，好像还拥有了做人造花和着装教师的执照。

在丈夫看来，事有偶然需穿丧服时，看似挺拔利落，实际上泣

---

① 江户时代末期，为维护幕府势力，由十六七岁的少年在会津藩组成的军队。若松城战役时退至饭盛山的二十名"白虎队"队员站在饭盛山顶远望被战火包围的鹤城，以为城池已破，君主阵亡，于是全体自尽，只有一位生还，"白虎队"的故事自此在日本广为人知。

不成声的是麻，而好像悲痛欲绝，双肩下垂，攥紧白手帕，同时又坚强镇定的是妹妹。

叔父似乎看穿了麻的这般心情，回想起什么似的笑了笑，以此为引子说："不过呢，做得还真不错，"稍事停顿又说，"家有坚强勇敢的老婆的老公，老婆死后会悲悲戚戚的哦。"

丈夫接过话茬："这么说来，家有悲悲戚戚的老婆的老公，就勇敢坚强了？"

"强的和弱的，不是很互补吗？"

其实懦弱的老公在这样的场合是不会被看穿的，有时还会说些大话唬人。心中有愧的男人有时还故意在众人面前吹捧老婆来赎罪。

麻非常希望从丈夫的话语中，把握住此刻最能强烈抓住丈夫的某一点，可那些话的内里再翻一遍，又成了表面，最终何止无从把握，简直日复一日，今天与昨天毫无差别。

妹妹悄悄起身离席，好像进了洗手间。她就是这样一个举止得体的女人。换作麻，就会动作生硬，有人打招呼，恐怕会错过时机不起身，扭扭捏捏。

听到冲水声时，像是轮流似的，丈夫站起来，似乎也是去洗手间。麻心中不快。

若是自己妻子姑且不论，你就不能别紧跟在别的女人后面去上厕所吗？虽不至于到出言责难的地步，可麻还是不由自主地稍稍欠身。

隔着一扇半开半闭的门，若是有心，可以看得到整条走廊。一边擦手一边返回的妹妹和丈夫擦身而过，肌肤接触一侧的肩头不落痕迹地向下一放，妹妹双目含笑。

"你先请。"

"这不好吧，姐夫。"

妹妹回说。

"呵呵。"

麻又听到那不出声的含蓄的笑。从背后窥视不到丈夫的眼睛，但妹妹的眼神是麻这辈子都学不会的。

麻无法喜欢地藏菩萨。总觉得那人的慈眉善目里有什么地方有些奇怪。

说着"是吗是吗，好可怜好可怜"，只会耍嘴皮子，转头就忘得一干二净，感觉像在打盹。红色围嘴也很猥琐。

三鹰[1]附近有个农民老爷爷在战争时期需要下乡购粮的时候[2]，利用战火中仅存的一点物资，通过物物交换的方式卖番薯给大家，

---

[1] 日本关东地方中部城市，位于东京都中部。
[2] 在"二战"和战后粮食不足的年代，很多日本城市居民为了补充口粮，只能亲自到农村购买。

他就是那副面容。他是一位貌似对人和善，也确实长得慈眉善目、笑呵呵的老人，实则处世精明圆滑。

麻和妈妈一起背着帆布背包去下乡购粮，坐在那个老爷爷家的走廊下时，响起了空袭警报。

她们心想凶多吉少之时，上空已经出现了P51[①]的身影。这一带好像没人钻进防空壕沟，老爷爷啜着茶说："你们要是害怕，也可以钻进去啊。"

嘭，嘭，像是棣棠炮[②]的声音，三四簇白色的焰火在P51下面绽开。好像是高射炮，敌机晃晃悠悠地飞走了。当时，挂着太阳旗的玩具般的飞机从一侧直冲过来。

"啊。"妈妈倒吸一口冷气。

两架飞机分别机尾拖着白烟落到了远处。妈妈双手合十，麻也合起双手。恍惚间总觉得不知何处传来《走向大海》[③]的歌声。

地藏老爷爷也念叨着"南无阿弥陀佛"，摆出单手膜拜的样子，另一只手的大拇指肚则按住麻和妈妈带来的一个小孩身高长短的

[①] 战斗机的型号，诞生于"二战"时期，英国人称之为"野马"，可实施零高度攻击。

[②] 一种玩具，在纤细的竹管一端塞入棣棠芯，另一端也塞入棣棠芯，用小棍突然发力捅，前端塞入的棣棠芯会随之迸出，并发出声响。

[③] 大伴家持作词，信时洁作曲，创作于1937年"七七事变"和"八一三事变"之后，是一首鼓励日本士兵为侵略战争卖命的军歌。作曲家信时洁战后经过深刻反省，自愿放弃作曲工作，回归平静的晚年生活。

《娘道成寺》①押绘羽子板②，确认着它的厚度。

地藏菩萨跟狗长得也很像。

小时候，麻家附近有条白色的母狗也是长这副模样。大人们都说这是条老实巴交、长相讨喜的狗，但那狗摇晃着酷似用来做羽子板球的黑色无患子③的奶头，不论冲谁都摇头摆尾，接二连三抱仔，即使狗仔被扔掉也并无怨恨，继续执拗地生下去。有时它快速转身向后，似乎在思考什么，麻总觉得那种无从判断的时刻警惕和地藏菩萨很像。

丈夫晚归的晚上，麻只要想起来，就会拔拔眉毛之间的毛发，或者把眉毛修细一些。

她某次在火车上看到的年轻女人也把眉描得细细的。不仅眉毛，而且丰腴的嘴唇唯有正中用口红点涂出了精致的唇形。那女人朝同行的男人巧笑倩兮之际，火车钻进了隧道。

车内一暗，女人纤细的黛眉消失，眼睛上方只剩两条将青虫一劈两半贴上似的粗粗棱纹蜿蜒扭曲着浮现出来。嘴唇也呈现出与生

---

① 全名《京鹿子娘道成寺》，是日本传统歌舞伎舞蹈剧。
② "押绘"是一种将布料粘贴在厚纸上并填入棉花以增加立体感的工艺。"羽子板"原为游戏用的板羽球拍，后渐渐成为日本人新年时赠予女性、祈愿消灾去厄的传统礼物。
③ 中药材名。将鸟的羽毛插入其果实的籽中，便可制成羽子板球。

俱来的大嘴巴正咧着笑的模样。

再怎么拔,再怎么拔,麻的眉依然是让男人敬而远之的男眉吧。

丈夫在破晓时分回来了。

一开门,他带着一副胡须丛生、老了三四岁的容颜,做着砌麻将牌的手势进了屋。

麻本应吐出一两句心中盘算这次总要说说看的撒娇或者任性的话来,可话到嘴边,就像什么地方变着法子拧上了阀门一样,总归说不出口。

麻抢先冲进里屋,差点把正松着领带走进茶室的丈夫撞倒,她匆忙藏起了放在被炉上的小镜子和镊子。

萝 卜 之 月

距离那事发生，前前后后也一年了，可英子还是恐惧"指"这个字。

每当翻阅报纸杂志，单单"指"这个字迎面扑来。看上去唯有那个铅字和其他字不同，显得格外之大。看得她胸口疼痛的说法毫不夸张。这样的时候，英子的胸口正中周围被箍紧一般的疼痛，不留神就出一身冷汗。

她定睛一看，不是"指"这个单字，而是"指名""指示""指定"，松一口气，全身绵软无力。

她恐惧的不只是"指"这个字。

她见到小学一年级学生的身影是很痛苦的，尤其见不得男孩。见到他们小手被握在妈妈手中，带着崭新的学生帽，背着双肩背包走在路上的样子，在英子眼中都像是健太。不想看、想要紧闭双眼的心情，和想看、情不自禁还是去看的心情反复拉锯，英子的胸口又疼起来。健太是英子的儿子，现在在分居两处的丈夫那里。

今年春天，一调电视频道总蹦出"新科入学的一年级学生"这一类的广告节目，英子把头别到一边不去看，勉强还能承受，可当街邂逅时就无处可逃了。英子一人单住，以做化妆品销售维持生计，不走街串巷根本无法糊口。虽说如此，她走路时也不能仰面朝天。天上也有她不想看到的事物。

英子和如今已经离了婚的丈夫秀一一起看到白天的月亮，是在去订做结婚戒指回来的路上。

出了位于数寄屋桥[①]旁边的百货商场，秀一去买香烟，英子抬头仰望天空说："啊，月亮出来了。"

"说什么呢。大白天的，怎么可能出月亮。"

秀一边往橄榄球形钱包里放买烟找的零钱，一边被英子拉着抬头望天。

"真出来了。大白天的也会出月亮啊。"

秀一吃惊地嘟囔道。

比秀一更为吃惊的是英子。

眼看奔三的人了，这人竟然之前从没看过白天的月亮吗？

"忙忙碌碌的，只顾低头往下看了啊。白天从没抬头望过天空呢。"

---

① 位于日本东京银座附近。

秀一幼年丧父,母亲独自把他拉扯大。说是几乎所有的零工他都打过一遍,大学也是半工半读念的夜校。

英子内心深处有些抵触情绪,攥紧了秀一拿着黑色钱包的手。两个人在数寄屋桥熙来攘往的人潮中这样站了一会儿。事后想来,这是最幸福的时刻。

大厦的上方是一片蓝天,白净通透的半圆形月亮浮现在空中。

"那月亮,挺像萝卜的吧?切坏了的萝卜片。"

英子的奶奶是个心灵手巧的人。

她年岁已高,但一双柔韧的巧手从缝纫、张布晾晒到糊窗纸,全都料理得妥妥当当。她对自己的切菜技术尤感骄傲,背地里骂儿媳英子的妈妈:"那人笨手笨脚的。"

临近黄昏,奶奶让英子妈妈去打扫卫生,从切年糕到把过年的饭菜装进多层饭盒里,这些过年的准备工作她都一手包办。在没有热乎气的老式厨房里铺上薄席,让还是小不点的英子坐到身边,以甚至有些矫揉造作的手势拿着菜刀,切要做凉拌菜的萝卜丝给英子看。

要做凉菜的萝卜丝,首先要把圆滚滚的萝卜切成纸一样的薄片,这颇有难度。示范之后,奶奶让英子拿起菜刀,按照她说的手势挪动菜刀,但英子要么切得厚,要么切坏掉,切成薄片状的半月形。

奶奶一发现,就说都是从你妈那笨手笨脚的血脉里遗传的。孩子内心里还是讨厌听到责难母亲的话的,于是一切出半月,英子就慌忙将其塞进嘴里。可能是这样的关系,英子成人之后养成了萝卜一切坏,尽管旁边没人,还是拿起吃下的毛病。

给秀一讲起这个故事是在有乐町的一家咖啡店里。

"不错啊。"

秀一念叨了好几遍,有点不快似的摇摇头。他把黑色橄榄球状的钱包往桌上一倒,把里面的零钱分成一百日元的和十日元的两堆。这也是秀一的毛病。

只要有金钱上的进出,就算买支烟,秀一也记在账本上,把零钱分类放置。如果没有马上做这件事,他就坐立难安。原本觉得他身为一个大男人,这样未免太过小里小气,让人喜欢不起来,但听了秀一少年时代的故事后,英子释怀了。

秀一的母亲是跑保险的,所以购买日常用品以及准备晚饭用菜都成了秀一的活儿。母亲性格严谨,即便十日元的进出也容不得糊里糊涂。英子眼前浮现出秀一坐在公寓矮腿饭桌前咬着铅笔在广告纸背面写"炸肉饼,四只,八十日元"的样子。

"不错啊。"

秀一分完零钱,搅动着咖啡重复了一句。

"这样的故事再多讲一些听听呀。"

英子说，被奶奶训出来的习惯，至今每晚睡觉前都要磨刀，磨刀时用十元的硬币效果最好。

"十元硬币怎么用呢？"

英子让秀一从橄榄球钱包里拿出一个十元硬币，把细长的菜单当作菜刀，现场演示给他看。

磨刀的窍门是把磨刀石定位在正对刀刃的角度，这一点对外行来说比较困难。在菜刀刀锋下塞个十元硬币，利用其角度来磨，无疑将磨出一把锋利的刀来。

"不错啊。"

秀一收拾十元硬币的同时，又有点不快似的动了动脑袋。

这事在当天晚上便被说给了婆婆听。

他们向她报告订做戒指的情况，顺便一起吃顿晚饭。饭桌上没有自己动手做的料理，只有从商店买来的寿司拼盘，因此婆婆表示认可之余，面部表情似乎有些发僵。

"他爸去世后，我为这个家尽心尽力。"

婆婆摆出拨算盘的手势："没让你们吃上复杂精致的饭菜哦。不过啊，不带老妈味道的饭菜，媳妇更容易接受不是吗？"

她露出在外工作历练出的一丝不苟的笑容："都说太过锋利的菜刀会影响到肚里的孩子哦。"

还没忘委婉地加了句嘲讽。

大概是白发染过的关系,婆婆看上去比她五十八岁的实际年龄要年轻五六岁。

英子希望和婆婆分开居住,可不久便生了孩子,婆婆又忙着拿跑业务挣的钱还刚刚买下的商品房的贷款,这话也就搁下了,结果还是住在了一起。

举行仪式半年后,健太出生了。

"长子出生。三千一百七十克。全身健全。万岁。"

秀一在隔扇纸上大大地写上这些字,贴在墙上,英子都出院了,也没揭下来的意思。

他还往健太的手掌和脚底涂上墨汁,按在彩纸上。每年过生日时都这样做,成为一份有意义的纪念。秀一像个孩子似的嚷嚷说,上司们都这么做。

虽说也有一些无处不在的小小竞争,但之后六年间,英子可以说是和婆婆处得无功无过。印着健太手印脚印的彩纸已经攒了六张,黑色红叶般手印的大小也已是起初的两倍。

那天是个梅雨停歇的好天气。

怀着第二个孩子的英子清晨赶早去医院,听到医生说一直以来担心的胎位不正已经回归正常,便放心地回来了。

虽然称不上略表祝贺的表示,但英子在回家路上还是到玩具商店看了看，买了健太之前一直想要的怪兽面具。

因为是久违的好天气，婆婆也在外出工作前把衣物拿出来晾晒。坐垫和院子里的晒衣绳上垂挂着婆婆的衣服和秀一的西装，散发出一股卫生球的味道。健太模仿着电视上怪兽电影里的可怕叫声，戴着面具在衣服中间穿来穿去。

英子在厨房切中元节别人送的火腿。

婚前当面放出了几句豪言壮语，所以现在虽说并非每晚必做，但英子基本上每三天就会拿十元硬币磨一次刀。她兴致勃勃地把火腿切成薄片。

"啊呜。"

叫喊着飞奔到厨房的怪兽把手伸上砧板。健太喜欢吃火腿两头的部分，只要有火腿，"尾巴就是我的"。

"危险啊。"

说话间，英子手底下方寸一乱，切坏了，火腿成了半月形。紧接着她下一个动作就是把半月塞进嘴里，这时，健太又调皮地伸出手来。

"危险！"

本想大叫，可嘴里面有东西，发不出声音。上下翻飞的菜刀碰到了硬物，健太的食指指尖有两厘米左右滚落到砧板一边。

健太的食指接不回去了。

这一带是新开发住宅区，救护车到得非常慢，等不及的婆婆挣开英子，一把抱起健太就往附近的医院奔。

医生不在，又去下一家医院，在这期间又碰上救护车到了家中等等不走运的状况，时机一误再误，或许也有健太本人体质的关系，结果无法尽如人意。

赶到医院的秀一没有对低着头的英子说一句话，坐到了打了镇静剂正在熟睡的健太枕边。

健太缠着厚厚绷带的右手被抬起来，放在头的一侧。

"又不是厨子，外行一个，每天晚上磨什么刀啊。"

婆婆说。

"孩子闹着玩时还有在一边撒娇时，我从没拿过菜刀啊，炸过天妇罗啊什么的。所以说请你好好看看清楚。您又是埋怨净是现成的饭菜，又说就会从商场里买东西，可我这样做三十多年了，从来没出过什么大事，没划伤过一次，没烫伤过一次啊。"

英子看看丈夫。

已经够了。现在说这些还有什么用。最痛苦的是英子啊，也有调皮捣蛋忽然冲进来的这小家伙的错啊……

英子在心中默念着等待丈夫说这些话，可秀一抚摸着健太的左手，始终保持沉默。

健太过了三天出院了，英子接替他住进了医院。受惊流产了。

英子没有哀叹流产一事。

反而心中感到庆幸。

要是再生了宝宝，早晚也会切到。她也不会抱着他给他喂奶。如今她想抱在怀中，用自己的全身心去补偿的是健太。

可是，过了一个星期回到家时，健太已经只跟奶奶不跟妈妈了。

健太缠着绷带的右手挂在胸前，躲在婆婆身后，连句"妈妈"也不喊，这让英子很心痛。去厨房喝口水，看到陌生的菜刀插在水池边的菜刀架上时，她心中再次刺痛。

"婆婆。"

英子不由得出声说道。

"我的菜刀……"

"丢了。"

"丢了，是说扔掉了吗？"

婆婆声音低沉不疾不徐地说："这段时间你就别往那边站了。"

意思是说你就别拿菜刀了，厨房的活我自己来。她很讽刺地摆出了超市里卖的装在塑料盒中的蔬菜。

婆婆几乎不外出跑业务了。说是为了健太，其实是她近来风湿病症状有所加重，走起路来疼痛不堪。

健太的绷带拆了，英子的身体复原后，秀一也不再碰她。

只有一次，熄了台灯后，他的手伸过来，但随即又缩了回去。

就像百元硬币和十元硬币分得清清楚楚一样，秀一从心理上和身体上似乎都还没有原谅英子。

凉风乍起的时节，英子开始外出打些钟点零工。

一方面想分担一些贷款费用，另一个更加重要的因素是，她难以忍受两个女人在一个狭小的空间里抬头不见低头见。

刚开始工作时，有次在家门前，一个健太的玩伴女孩问她："阿姨，小健的手怎么了呢？"

身后是婆婆。健太也在她后面。

"小健太可爱了，妈妈把他的手指啊呜一口吃掉了呀。"

婆婆抱起健太进了家，哐的一声粗暴地关上门。

打工的地方举行迎新会兼年终尾牙，是在满街尽见圣诞装饰之时。由于聚会是在下班后举行，回家肯定要晚了，秀一出差在外，英子一想到晚上在茶室要和婆婆两人面对面织毛衣就头疼，决定参加活动。

宴会后又换了一处活动场所，英子回到家已经接近十二点。她按了门铃，婆婆没出来开门。又按了好几次，唯恐吵到邻居，英子忍气吞声地喊："婆婆。小健。"绕到后面敲敲门，门没开。

寻找新工作和新公寓是在两口子下定决心开始以离婚为前提的

分居有半年的时候。

英子决定用"挑刺"的方法来斩断自己对于复合的依依不舍。

说得好听点是一丝不苟，到了秀一身上就是吝啬小气。他一收到成盒的点心就立刻打开，数数蛋糕或豆馅饼的数量，进行分割："健太四个，奶奶三个，妈妈两个，我一个。"

下班一回家，领带都没解就掏出账本，记下每天的金钱进出。

因为他说："能给我十元吗？"问了下，原来有十元无论如何都对不上账，他心里总是不舒服，于是让英子从家用钱款里通融通融。

英子告诉自己，出了这次的事，虽然他没有过多地加以责备，但她实在无法对这个无法庇护自己的男人托付终身。

她也讨厌那个以孙子的伤为借口，发泄儿子被独霸之恨的婆婆。不知道婆婆怎么巧言哄骗的，自从那件事以后就不再和自己亲近的健太也随他去吧。在那个家里，就算看到"指"这个字，内心也不会有任何躁动了吧。

初夏时节，英子在街上见到一年级学生也可以看作普通的小学生了，这时，秀一打来电话。

英子估计大概是让自己给离婚文件盖章吧，便出发前往约定的咖啡厅。

秀一什么都没带。

"昨天被叫到学校去了。"

班主任老师问了下健太的情况。

据说被同学嘲笑食指短的健太说了很多受伤的原因。

"被卡丁车门夹的。"

"被家里养的乌龟咬的。"

"被奶奶用菜刀切的啊。"

听到儿子对于母亲的事没有提到只言片语,英子的眼泪吧嗒吧嗒掉下来。秀一默默地把手帕递到英子手里。可能用了好几天了吧,手帕脏成了灰色。

一出店门,秀一立刻抓住英子的手腕,默默地往前走。就这样进入了附近一栋名为情爱旅馆的房子。

暌违一年了。一大股暖流冲进体内时,英子再一次热泪盈眶。

"回来吧。拜托。"

分别之际,秀一说了这么一句,乘出租车离去。

晴空朗朗的午后。英子漫步街头。

回去吗?怎么办呢?那个地方有最重要的东西,同时也有她最厌恶的东西。

英子心里盘算,抬头望天,如果出现白天的月亮就回去吧。她正要抬头,又有些惴惴不安,如果月亮不出现却如何是好。她顾不得身上沁出了汗珠,继续往前走。

苹　果　皮

不该提入场券的事。

只要不把那事坦诚相告，两个人都有一定年纪了，不会在玄关前说那些让人脸红的话。

野田是医生，理应对人体了如指掌，但道理抠多了就成了本本主义。他往玄关的墙上钉着水泥钉，不知是钉的方法不对还是怎样，迸出了红色火花。他用铁锤挠挠头皮问："听说女人在那个时候，眼睑内侧会出现彩虹，是真的吗？"

时子说没有见过彩虹，她告诉野田眼睑内侧有时会出现亮光，就像烤肉正中央半生不熟的地方似的颜色。说话间，她发现钉子的位置过高了。

野田比时子高一头，他把钉子钉在了自己眼睛的高度。为了一个一周只来一次的男人，挂上一幅硬着头皮花上一个月薪水买下的画，时子也有些懊悔。如此说来，这一年时间里，挂卧室挂历、浴室澡巾的钉子也都高出了五厘米。眼下看来，这个是幸运还是不幸，时子也未可知,就今天看来,暂且当作幸运吧。

时子把野田大敌的肥大睡袍缠在背上出浴,刚洗完澡的热乎气儿经过厚实的毛巾质地,感觉像是温热的泡水棉团。时子也一并切身感受到了往坚硬的水泥墙上钉钉子的震动,她不留神一走嘴,说到了入场券的事。

黑暗中,有时她身上会浮现一道红筋。红筋约有五厘米宽,由大腿内侧正中一带向双脚脚踝平稳延展,时隐时现。时子说:"要说像什么的话,像是入场券。"

野田一听,说道:"入场券?的确。入场券哦。"

野田的眼神好像假使手边有病历,他定会把它写进去一般,说完笑了。

夜里并肩而卧时的私房话就这样站着在太阳尚未落山时的玄关前说,总是有点奇怪,时子也笑了。就在这时,门铃响了。

是野田洗澡前叫的外卖。聊得正兴起,来得真是时候,时子笑着打开家门,结果是弟弟菊男站在那里。

按说离五十还差两三岁,但菊田是少白头,头发已经灰白。他身穿一件和头发颜色相同的外套,小眼睛眨了两三下后,忽然变成了目中无物的神情。

"又来咯。"

时子一言未发,自己关上了门。

菊男在一家营销教材的公司工作。今年四月，二儿子上大学了，一家人在公团住宅里已经无法凑合，他来问时子能不能稍微给他凑点新房的首付。

他今天肯定也是先往时子工作的地方打了电话，听说时子感冒请假在家，便借着探病顺便为此事而来。

菊男的这种眼神已经不是第一次出现了。时子和前夫发生纠纷时，菊男对这种自己管不了的事，也是始终保持看不见也不去看的眼神。

这次恐怕也是同样吧。他看不见那个站在姐姐身后、穿着浴袍、手拿铁锤的男人。因此，男人的家世背景、有无妻室、是否有再婚打算等，他也一概不会去问。不过，那笑声还是被他听到了吧。

前后脚送到的鳗鱼盒饭格外腥，时子前所未有地几乎剩了半份。

不着急的时候，公交车和地铁偏偏到得格外快。去没什么劲的地方时，想到连交通工具都洋洋得意地照着时刻表分秒不差地运行欺负自己，时子就一肚子火。结果到达涉谷站的时间比预计时间早了，车站旁商场外墙上悬挂的大钟的指针咯吱咯吱笨拙地走着，终于往前走了一格，刚过五点半。

时子腋下夹着手袋，进入商场。手袋里装着午休时间去银行取来的一百万日元。

时子想起了三天前菊男的眼睛。今天晚上，菊男也会以与那天相同的目中无物的眼神从姐姐手中接过钱吧。他是个对没看到的事物不会说三道四的人，所以恐怕那事对他老婆也没说吧。时子一边这么想着，一边慢悠悠地消磨时间，在商场里走来走去。

或许是临近年末的关系，商场里人潮拥挤。由于室内空间闷热，时子甚至有些微微出汗，可她连脱掉外套都嫌麻烦。林林总总的颜色和形状在周围摇来晃去。五花八门的音乐和语言，以及孩子的哭声交错四起。对于时子来说，一切皆与自己无关。时子想要的，这家商场中并未出售。现在的自己和当时的菊男有着相同的眼神，此时此刻要是碰上了小偷可是不妙，时子重新抱紧手袋时，旁边响起一个声音："能请您试一下吗？"

是个叫作"假发天地"的陈列着假发的卖场。

若是平时，时子会无情地断然拒绝，可这次，她听从店员的推荐，坐到了梳妆镜前。

拨开头发，有白发映入眼帘。她本来也考虑着是不是把头发染成栗色，可头发长得很快，只要疏于打理，很容易变成发根黑灰混杂，发尖栗色，弄得奇奇怪怪跟葱花似的，只得作罢。有个假发用于外出应急时也不错。无论如何，坐下休息一下，消磨消磨时间也挺好的。

年轻的女店员在时子头上套上了戴假发打底用的发网。那是个黑色网状的帽子，天灵盖处开了个洞，向上挽起的头发从那个洞里穿出来，用别针加以固定。

装扮之前的样子有些滑稽。头发紧紧贴在头皮上，在白色荧光灯的照射下，时子看上去老了有三四岁。大概没有购买意愿的人在商场的镜子里会映出冠冕堂皇死气沉沉的脸。即便如此，所谓的"入场券"倒真是个不错的说法。究竟是打算去往哪里的入场券啊。

女店员一边恭维，一边往造型如黑色大头菜一般的时子头上戴各式各样的假发。黑色的和栗色的戴上，看起来都不大自然，显得有些劣质。头发或许是生长在人的表情之上的事物吧。硬安上似的整饬美丽的头发就像脑袋的面孔，多少有点令人毛骨悚然。店员一再说，好不容易试一次，再试一个吧，时子内心忽然一动。

正要去菊男家呢，干脆戴着这个去吧。

"姐姐，您的头怎么弄的？"

如果菊男的妻子益代提着嗓门来这么一句，接下来就无需拘谨，可以敞开话匣子了吧。听到店员介绍说尼龙材质的两万元，人发的三万元，时子正想说干脆带个栗色的人发，结果左眼闪过一丝微痛，是发尖碰到了眼睛。可能想到这是来历不明的他人毛发的关系，她总觉得那种痛不是头发本身造成的，让人无法容忍。更糟糕的是，她在这个假发中间还发现一根看起来处于从黑发变成白发过程中的玉米色毛发。勉强接受别的毛发总是令人厌恶的。时子买下栗色发亮的尼龙材质假发，戴在头上走出商场。

到了外面她发现一件事，所谓的假发相当于一顶帽子似的暖暖的。她好像头上缠了绷带，上面戴了顶毛线帽，不大自在。映在商场橱窗中的样子也似乎只是个和自己长得相像的其他人。大概是因为没戴习惯吧，她眉毛一动，假发就跟着一点一点往上蹿，可又不能在人来人往的车站前把它摘下来。

在水果店前的镜子那里整理时，她的外套下摆碰倒了盛在一个标价三百日元的小盆里摞成小山的苹果。时子跑去追赶滚出去的一个苹果，一路小跑一直追到人行道边上，然后把红苹果扔给一边点头一边做出接收架势的年轻男店员。

那是战争结束第几年的事来着？

时子的爸爸当时担任一家银行地方支行的行长，获准升迁到东京总行去，还被分配了一套私铁沿线的公司宿舍。据说原本是个古董商的房产，房子相当宽敞，庭院开阔，样式古朴，房间很多。

爸爸先行一步到东京去联络学校事宜，嘱咐原本寄宿在亲戚家的时子和弟弟菊男在这个家里看一晚上家。那段时间报纸上登过流浪汉放火烧空宅的新闻。再过一天做榻榻米的工匠和裱糊匠即将入户开工，要有看家的人才行。爸爸说，没有寝具，也没热乎气儿，你们俩就姑且凑合一晚上吧,然后他从上野乘坐夜行线去处理收尾性的事务了。

冬夜降临,外面刮起凛冽的寒风。

大学一年级的时子和高中二年级的弟弟穿着用军队毛毯重染而成、沙沙作响的藏青色外套,打开这套房子的大门。不知哪里出了差错,没有电。

他们摸黑进了屋。全无热气的宽敞空房子冷得让人牙齿打颤。即便想取暖,既没有火,也没有壶。

时子和菊男分别靠在一进门处的六叠房间和隔壁的四叠半房间墙上,拉起外套盖在身上,可是又饥又寒,怎么都睡不着。或许黑暗会让人备感寒冷。寒风吹得闭合不佳的木板套窗和玻璃窗摇来晃去。

眼睛适应黑暗后时子发现,菊男好像也没睡下,开了一条小缝的隔扇对面似乎有个黑影在动。

"你带火柴了吗?"

"怎么可能带嘛。"

"你不是抽烟吗?"

"我没抽啊。"

时子一出声才发现,自己的声音和平日的声音不同,有些嘶哑,菊男也变成了一个成熟男人的声音。变声期已经过去很久了,黑暗中听到的弟弟的声音酷似爸爸。

他们沉默了很久,继而发觉有股味道。是从地板上卷成一团的白布布头附近发出的一种好像发蜡和烟丝混杂在一起的气味。是懒惰未洗的袜子的味道,还夹杂着消毒液似的味道。空气如同葛粉汤般浓稠。

这样的时候还是说点什么好。

"有看家的吗?"

有人喊道。

外面有手电筒的光圈在晃。根据声音判断,大概是两个男人。

一个人说:"我们是这个房子之前的主人,有东西落下了,想来取一下。"叫门期间,还啪啪地拍着玻璃窗。

时子跟弟弟说:"让他们明天再来拿吧。"

可似乎伴着酒气的嘶哑声音越来越大:"在家的吧?要是在家就开门啊。我们又不是强盗啥的啊。只是来拿自己家的东西呀。"

弟弟用自己的身体帮时子挡住手电筒的光圈,把她按在六叠榻榻米上,小声说:"姐,别出去。"

菊男独自打开了玄关大门。

两个男人身穿复员制服。他们爬上客房的壁橱,撬起天花板,取出藏在上面的日本刀,有十把左右,好像裹在大包袱里带走了。或许是没有上缴给占领军的黑货吧。时子在暗处屏住呼吸,只等两个男人离开。

正要离开时,其中声音不嘶哑的小个子男人从卡其色外套的口袋里掏出两个苹果,扔给了菊男。

听到菊男关门的动静,时子出来走到玄关。

"不是古董店呀,是个做黑市交易的店!"

菊男扔给姐姐一个苹果。模模糊糊的玻璃格子窗外洒着月光。或许是房内微暗的缘故,或许是微亮的关系,红苹果穿过空气,划出一道小小的抛物线飞来。

菊男回到那间四叠半的房间,时子也蹲在了原来待的隔壁六叠的那间房。啃苹果的动静听起来很大声。空气中飘散着酸酸甜甜的味道。手中的苹果凉凉的,时子在裙子上擦擦它,苹果一碰到牙齿,一股寒意穿越身体。张口一咬,有种咀嚼稻糠的感觉。时子边哆嗦边想:刚才的男人是不是觉察到这个房里还有一个人呢?应该是手电筒的光圈照到了时子脱在玄关一角的运动鞋吧,因此他才留了两个苹果离开。

时子把包好的礼物苹果放在膝头,坐在私铁座位上。就算那两个男人没来,也不会发生什么特别的事吧。只是,那个小小冰凉的红苹果在那个夜晚让姐姐和弟弟安心入眠一事却是事实。

最终,时子没把钱给菊男。

她已经爬上公团住宅的楼梯，走到门前，但没有按门铃就回去了。只怪透过换气扇传来了烤鱼的味道。夫妇俩，加上两个孩子，一家四口买了切成四段的鱼，正在烧制。即便是姐弟，其中也没有她容身的余地。

也有想必如此的感觉。

明明知道，还专挑这时来，是给自己的一个借口，还是在享受伤口的疼痛呢？假发压得头越来越重，时子一时无法想通。

回去途中，头和苹果都很沉重，她在小区入口处打了辆出租车。正想往车里钻时，假发钩在了门口的车顶上。由于假发是用别针固定的，时子的样子像上吊一样，她请刚下出租车正往口袋里放零钱的男人帮忙取下了被挂住的假发。就因为戴假发让自己的个头高了那么一点点，才造成了这般境地。那人强忍着笑帮忙解围，时子向他道谢后，用手托着假发，在夜晚的街道上跑着回到家中。

她一打开公寓大门，就看到野田钉钉悬挂的画变歪了。时子的性格是对大事不以为意，偏偏画框一歪就非得正过来不可。她正好画框，走进卧室，扔掉花瓶里枯萎的花，把那捆百万日元的钞票藏在里面，上面轻轻放上捧回来的亮栗色假发来取代花。白色的花瓶就像一位低着额首的年轻少女，假发与之十分合衬。

时子拿出白色的果盘，把苹果放进去。

不论花瓶，还是果盘，都是和时子的身份并不相符的好物件。它们的颜色和形状耐人寻味，都是她几经辛劳才得到的东西。不光是花瓶和果盘，家具、靠垫的色彩，乃至毛巾的花色，按照时子的性格，只要有不合心意的颜色和形状出现在自己的视野之内，她内心都不得安稳。

与其打点些七七八八的颜色在身上，不如穿件跟随自己数年的黑色毛衣来得好。她讨厌斯皮兹狗，智力竞赛节目也不看，花花绿绿的电器绝对不买，厌恶留小指指甲的男人、打红领带的男人和笑起来高门大嗓的男人。似乎时子就是在计较着这些事情过了三十年。

时子拿了个苹果，开始削皮。她一贯把皮削得细细长长的，宽窄一致，中途绝不允许断裂。小刀是去国外旅行时在古董店买的古旧的银制品。可是，这样又有什么意义呢？

菊男和姐姐恰恰相反。

适可而止的身边衣物，适可而止的工作，适可而止的妻子和孩子们。菊男的活法是力所不及的东西看都不看，时子对此也曾心急火燎过，但当她意识到时，他的性格已然成熟定型，就像上了年纪的动物一点点不动声色地胖起来，直到肥得滚圆。今晚住宅换气扇处飘散出来的烧鱼味儿就是那种果实的味道吧。下垂的苹果皮外表红色，内里青白，边缘处渗出一抹微红。时子把削完的一长卷苹果皮放进嘴里。

她打开窗,十二月份的晚风吹进来,玩弄着花瓶中的栗色头发。假发摇动,就像一个朝气蓬勃的人头。

时子嘴里衔着苹果皮,把苹果的果肉扔向窗外。赤裸的苹果在微墨色的黑暗中画出一道白色的抛物线,飞到比她想象中更远的地方消失了。之后,时子不紧不慢地嚼起苹果皮来。

酸 味 家 族

戒烟已经三个月了，九鬼本难以打发从早上睁开眼到起床之间的这段时间。

一睁眼也不可能看到什么新奇玩意儿。看厌了的商品房墙壁和看厌了的别人送的画。褪色的窗帘。睁开眼，也听不到妻子抱怨早饭一顿打发不了、麻烦得要命和叫孩子们起床的尖叫声。

年过五十的男人中还会有每天早上满怀希望地睁开眼睛的人吗？

但是，闭上眼睛时却极少做年轻时的那种好梦了。要蒙混度日，烟草最为便利。要戒就戒酒，烟只要少抽几支就可以了。

每天他都考虑一次这些事，可那天早上被吵醒后，连烟草也帮不了忙了。

家里养的猫叼来一只鹦鹉。

绿色的鹦鹉滚到起居室的餐桌下。妻子听到猫叫，从厨房飞奔而来时，鹦鹉还在任由家猫胡乱撕扯着羽毛。等九鬼本看到时，鹦鹉钩形的爪子已经向内弯曲，厚厚的舌头已经从黑贝壳一般的嘴里吐出来，一动不动了，家猫在一旁清理绒毛。

"又闯祸了吗？你这家伙。"

这猫原本就是个捕鸟能手，之前也见它逮住过麻雀、蓝鹊之类的鸟类，但是逮到如此大个的鸟，还是第一次见。

这里可以说是地处遥远的郊外，按理应当没有野生的鹦鹉，大概是哪家饲养的吧。

"怎么办呢？爸爸。"

这样的时候，妻子必定拿出训斥九鬼本的口吻。

买下这栋房子是在五年前，刚搬过来就发现有老鼠出没。九鬼本在单位发牢骚说，这不等于把我每月领的薪水都给啃走了嘛，直属上司说恰好家猫抱窝，送给九鬼本一只虎皮花纹的母猫作为新居贺礼。

没记得喂过它什么好东西，可这猫眼见着越长越肥，一干坏事就被拎着尾巴提进来。

每当这时，妻子，不，这样的时候就连女儿都满口责备九鬼本的话语。

"再说什么怎么办，死都死了，也没办法呀。找个地方埋了吧。"

"找个地方，什么地方？"

妻子用尖锐的嗓音追问道。

"不许埋在咱家院子里啊。"

说是巴掌点大的院子里要是埋上这么大的一只鸟,恶心死人了。一想到晾个衣服什么的,脚下都埋着一具尸骸,就感觉不舒服。

"那就包在塑料袋里,找个垃圾箱或者哪里……"

"扔掉"还没说出口,妻子和女儿就异口同声地反对。真是怎么说怎么错了。

附近的邻居都没有往来,彼此对于垃圾的内容却近乎神经质地敏感,哪家扔了什么垃圾都一清二楚。要是知道有人扔了只鹦鹉,肯定立刻流言四起,如果传到鹦鹉主人的耳朵里,麻烦就快找上门来了。

"早上好。早上好。"

一直沉默的儿子忽然发出奇怪的声音,模仿鹦鹉说话。

"倒是学点好啊。真添堵。"

妻子一脸厌恶。

"直到昨晚还说着人话的家伙,今天就被扔进垃圾桶了,不有点可怜吗?"

说来也是。

九鬼本本想给已是大学生的儿子一千日元,让他去找个地方把它埋了或者扔掉,可回卧室拿钱包的空当,精明的孩子们已经出去了,结果九鬼本只好带着装进纸袋的鹦鹉出了家门。

他从不知道扔个东西会这么难。

九鬼本工作的地方是一家宣传行业的代理公司，上下班时间和普通的高峰时段错开一个小时，尽管如此，前往车站的路上，上班的人流还是络绎不绝。

九鬼本平时都是乘坐公交车，这一天选择了步行，想着路上总归有很多垃圾箱吧，出门后他才发现自己大错特错了。

首先，垃圾箱这个东西已经在世上消失得无踪无影。

或许是小时候看惯了的关系，在九鬼本的头脑中有涂着煤焦油的四方形垃圾箱。扔进自家垃圾箱，心有负疚，找个里弄的餐饮店还是什么店的大垃圾箱，假装甩开粘在身上的黑东西似的，用一根手指打开盖子，屏住呼吸，把纸袋往里一扔完事。

不能高声大喊，可九鬼本心里觉得还是从前好。

从前有的大房子不知道里面是否有人居住，可以把装在纸袋里的鸟往那里或者随便哪儿一扔，可现在似乎就是找不到一个能扔垃圾的地方。

然而，运气不好，九鬼本想着扔到这条街上，走近垃圾箱，正要打开盖子，紧靠旁边的公寓窗户开了，探出一张刷着牙的男人的脸。一个女人头上卷着发卷，身着肥大的衣衫，趿拉着露趾拖鞋出来扔垃圾，挠着头皮疑神疑鬼地看了眼九鬼本回去了。

这是个公共垃圾箱，九鬼本完全可以点个头，把纸袋往里一扔就是,可由于他内心有愧,这也露怯。

那么等到下一个拐角吧,结果那里没有垃圾箱,九鬼本想着想着已经到了车站。

鹦鹉比斑鸠差不多大了一倍,或许是死了的关系,提着竟然莫明其妙地沉重。

大概因为提着心劲,他流的汗也比平时多了一倍。

对,扔到车站的厕所里吧。他走近一看,厕所门口挂着一个"打扫中"的牌子,进不去。走近泡沫垃圾箱,旁边站着车站工作人员。

"荻窪。"

播音员身体不舒服吗?就连报站名的广播听起来都像鹦鹉的叫声。

折腾来折腾去,最后还是未能成事,九鬼本抱着纸袋上了国电[①]。

九鬼本把纸袋放在上面的货架上,向外张望。

就这样下车好了。

这最简单的方法,之前怎么没想到呢?

可到了下一站,前面座位上的乘客下车了,九鬼本好不容易有了座位,心中忽然不安起来。

---

① 日本国营铁路电车。

他总是想着头顶上的纸袋,无法保持镇定。

坐在死鸟下面,他怎么都无法安下心来。本想有塑料袋包着没事,可提着它在酷暑中走了足足十五分钟,万一冷不防滴下什么红色液体来可就大事不妙了。

九鬼本从货架上拿下纸袋,放在膝上,后来又把它放到了脚边的地板上。

虽说想着把它扔了吧,一定得扔掉,可九鬼本已经没了再加把劲的胆量,只能拖拖拉拉带着它走。这种心情从前有过。

九鬼本最初在中野站附近的一家小型广告公司工作。

学生时代他一腔热血地投入戏剧活动中,回过神来时,已经在求职道路上晚了不是一步两步。

这家小公司除了社长之外只有五名职员,做些简单的教育资料,或者接些商店的活动策划。

名义上是幢大楼,其实只是里弄的一栋灰浆建造的两层小楼。下面是房东开的美容院,爬上咯吱咯吱作响的木制楼梯,左手是打字店,推开右手的大门,就是他工作的事务所。

大事小事都差遣九鬼本去做。

写信封上的收件人姓名、刻蜡版、给宣传招贴和看板打底上色。他还曾坐着四周盖上红白条纹相间的幕布临时充当宣传车的小卡车，在车站前广播自己撰写的服饰大甩卖文案。

九鬼本感到消沉灰心，是在举办一场名为"烧酒妹"的活动时。

他们拉来电影公司里五个不起眼的新面孔，组织她们穿上就当时来讲相当暴露的露背裙，乘着敞篷车来回转。临行前担任指挥的社长叫住了九鬼本。

社长让九鬼本到楼下的美容院去分脱毛膏。

九鬼本不明就里地杵在那儿，社长一脸不悦，不得不展示了一下自己穿着半袖 T 恤的腋下直说："有人没刮啊。"

九鬼本在顾客盈门的美容院给人分脱毛膏时满脸通红。他给两个年纪稍长的女孩的腋下涂脱毛膏，一边听着她们发痒发出的笑声，一边用卫生纸擦去已是半溶状态的短毛和硫磺味的白色药膏，拧干毛巾递给她们。这时他觉得自己忍无可忍了。

稍早一些时候，九鬼本被领导打发去大藏省跑腿，在走廊里遇到了大学时的朋友，得知一个进入商社工作的同窗去了美国。

他想：我这是在做什么呢？

九鬼本至今还会想起那时买的一张唱片。

A 面是当时极度风靡的《田纳西华尔兹》[①]，B 面是书包嘴大

[①] 创作于 1948 年，之后曾被多名歌手演唱，成为传世金曲，并被定为田纳西州州歌。歌曲讲述了伴随优美的田纳西华尔兹舞曲发生的一场爱情变故，表达了幽怨和感伤的情感。

叔①唱的《玫瑰人生》。

就歌来说，九鬼本比较喜欢《玫瑰人生》，但自己做的事情却是被人生所抛弃的《田纳西华尔兹》。

结识阵内一家，就是在那个时候。

那是在制作警察预备队、也就是自卫队的前身训练用的教材时。

他们要拿额定的费用去熟门熟路的照相馆放大照片，由于其中没什么赚头，一个职员找到了阵内。

阵内是阵内照相馆的主人。

说是照相馆，也是徒有其名，不过是中野车站后面搭建在火灾废墟上的一间六叠大小的临时窝棚。

不知他们是否因火灾而在此落脚的，不论好歹，这儿的壁橱就是阵内的暗室，那六叠既是接待室，又是工作室，同时也是他和妻子以及三个孩子起居的场所。

负责联络阵内的是九鬼本。

论仪表，阵内并不显眼，但他的技术不错。

那么出色的技术，完全想不到是在壁橱暗室里做到的，交付也很准时，费用也便宜到甚至有些可怜。

---

① 路易斯·阿姆斯特朗的昵称。路易斯·阿姆斯特朗是20世纪最著名的爵士乐音乐家之一，被称为"爵士乐之父"。

即便如此，阵内还是会连声致谢："多谢惠顾。"并且用心招待负责联络的九鬼本，询问怎样能让顾客更加满意。

阵内照相馆如此狭小。

天气好时尚且凑合，一旦下雨，从炭炉到晒洗衣物都得拿进来，加上总在外面玩耍的两个小一些的孩子都要回来，房内连立足之地都没有。

九鬼本一进来，阵内就叫妻子开始收拾那里的东西。说是收拾，也就是摞起来堆在一起而已，假如不这么做，连坐的地方也没有。

九鬼本喝着阵内妻子泡上的微温味淡的茶，发现这个家里所有东西都是阵内手工制作的。

天井、柱子、窗框，都是用些材质尺寸七零八落的东西组合、捆绑在一起，勉强做出了一个家的样子。连应该只安一块的玻璃，也是由厚度明显不同的两块，从内外两边用胶带黏合安上的，松脱发胀的榻榻米也是一张两张地捡来凑在一起的。

不仅房子，甚至锅碗瓢盆似乎都是捡来的。

当时东京已现复苏的征兆，但仍有许多灾后的痕迹，像阵内照相馆这样的住宅并不罕见，但对于并无至亲好友遭受火灾的九鬼本来说，简直满目震惊。

最令人吃惊的是气味。

浓重的酸味。

九鬼本一开始以为可能是阵内做了大量的什锦寿司饭，还曾认为是他工作用的显像液的气味，但似乎并非如此。

说是酸味，又不是那种刺鼻的酸。

是夏天刚煮好的饭里掺上醋，用扇子扇风时的那种发闷的酸。

是海苔卷和油炸豆腐寿司放凉后的气味。

满屋子都散发着气味。

不，就连屋子的主人也有股酸味。

想到这个茶杯该不会也是从哪个废墟里捡来的吧，九鬼本婉拒续杯，走到外面，阵内追随而至。

小个子阵内凑过来，往九鬼本口袋里塞了一个信封，是对于他照顾生意而给的回扣。阵内按住了九鬼本意图还回的手，腕力十足，完全不像来自如此贫弱的身躯。

芋芳般的头，约莫五尺、身板瘦削、脱脂脱水的身体，无从判断本色如何的半袖T恤，全都散发着什锦寿司饭的气味。九鬼本意识到，阵内大概是在节省洗澡钱。

九鬼本让阵内的女儿京子做《正确的刷牙方法》这部教育片的模特，其中一个原因是缺乏预算。

京子相貌平平，唯有牙齿长得非常漂亮。九鬼本一直收受回扣，也有以模特费的形式还个人情的用意。

但是，阵内一家误解了九鬼本的意图。

从那以后，九鬼本每次到阵内照相馆来，京子都会代替阵内妻子来斟茶。

那是听着名为凯蒂还是凯瑟琳的女播音员播报台风正在靠近的消息加班的时候，因此应该是夏末。

京子打伞来到独自加班的九鬼本这里。九鬼本说声谢谢就送京子走了，过了三十分钟，他一出事务所，发现京子还站在屋檐下。

她白色的棉布连衣裙淋湿贴在身上，头发和脸蛋也都湿答答的。

那天晚上，他是以怎样的心情引诱京子的呢？

既非《田纳西华尔兹》，也非《玫瑰人生》，是更特别的东西。现在干也干不完的工作。陆续更上一层楼的朋友。为了让客人满意，花费心思到让人可怜的阵内。从阵内手里收受回扣的自己。似乎任意一个都是原因，但如今想来，或许唯有二十六岁的如花年华才是理由。

被雨淋湿的京子并未散发出什锦寿司饭的气味。这一点其实他已忘记了。

浏览报纸上的求职栏，应聘位于银座的大型广告公司，并被录用，是在之后不久的事。

九鬼本感觉春风得意。

新的工作地点是用结结实实的钢筋混凝土建造的八层大楼。

配有冷暖空调。

这是家妇孺皆知的一流公司。月薪也几乎是从前的两倍。

九鬼本换了住处。

想把旧的东西全都扔掉。

包括往女孩腋下涂脱毛膏的事，包括从阵内照相馆收到的回扣。扔掉的内容里，酸味家族、京子都在其中。

其后他又和京子来往过三四次。

关于约定未来的话，他一句也没说过。但是，即使是个借口，告别的客气话总是一定要说的。

可说什么好呢。

京子或许是奉父亲之命，为了合九鬼本的心，使尽了浑身解数，真是受罪了。这话不能说。

忘了是第二次还是第三次了，在廉价温泉浴场休息时，他因为京子把剩茶倒到屋檐上的手势跟阵内的妻子相同而心生厌恶。这话不能说。

他们走路走到腿都僵直了，还是说不出口，两人结伴来到中野站时，突然邂逅了她的父亲阵内。

阵内让京子回家，邀请九鬼本到车站前的烤肉店一坐。所谓烤肉店，也就是个名头，其实烤的都是些猪、牛的内脏。

阵内拍拍默默咬着硬乎乎的烤肉的九鬼本的肩膀，祝贺他跳槽成功，还加了一句："不用了，不用了，什么都不用说了。"

然后，他把一个包在信封里的东西插进九鬼本口袋里。

"这个，一点心意，衷心祝贺。"

阵内按住九鬼本意图推辞的手，他依然孔武有力。九鬼本那时打心眼里想把阵内打倒在地，并非是因为劣质烧酒的关系。

死鹦鹉放进了九鬼本的文件柜。

空调相当强劲，微温蜷曲的鸟无疑也已变得坚硬冰冷。

再稍等一会儿，下班的铃声就要响了。

九鬼本打开文件柜取出纸袋，抱在胸前，打算前往一家常去的银座酒吧。

就把纸袋交给迎客的老板娘，请她扔掉吧。

在这家店里，还有另外一个必须扔掉的东西。

耳

冷水枕在耳朵下面发出吧嗒吧嗒的声音。

冰早就化了。

每动一下脑袋,微温的水就像拍打船舷的波浪般传到鼓膜。

烧好像退了。

明知如果现在出发,还赶得上下午的会议,但楠打算休息一天。一年请上一天半天的假也不赖。放在过去,不迟到不缺勤是一条谋求出人头地的捷径,可今时今日,只会被当成死心眼的傻瓜上司。

每当闻到微温的冷水枕发出的橡胶味,楠就想抹开五十岁的面子,任性撒娇似的故意没出息地随心所欲。

他上小学时偷懒逃课。把体温计夹在腋下时感觉无限漫长的时间。妈妈确认刻度时的认真眼神。如果水银柱升不到三十七度红线以上,就必须起床去上学。

从下面仰视母亲的脸,像孩子般可爱。大概是刚才还在洗洗涮涮的缘故,妈妈的手总是湿漉漉、红红肿肿的。她戴着平纹白棉布做的围裙，不知何故，手指上勒着两三条橡皮筋。房间一角有个大大的濑户火盆，水壶冒起一缕热气。

他一感冒，母亲就用冰糖煮金橘做治喉咙用的药，酸酸甜甜的味道在家中飘荡。

母亲把凉凉的手掌放在楠的额头上，试试烧是否退了，有时也会用自己的额头贴在年幼的楠的额头上。呼吸的气味和山茶油的气味惹得楠鼻子发痒。

封闭冷水枕开口的五金零件可能不大好用了，水漏出来，楠从耳朵到脖子都湿答答的。

"要是得了中耳炎就糟了。"

妈妈为他换上用被炉暖热的法兰绒睡衣。就在这样的时候，楠有了嫉妒大声呼喊妈妈的父亲是个成人的记忆。

变温的冷水枕在耳朵下面发出声响。吧嗒，吧嗒。平静的声音，橡胶味也让鼻子备感亲切，而楠的心中却莫明其妙地感到不安。

得中耳炎的不是楠，而是弟弟真二郎。

路上写着"禁止通行"。

那里可能有变压器之类的东西，有一间金属打造、仅容一人进入的小屋，写着"危险""禁止触摸"等红色字样。

弟弟的中耳炎对楠来说，接下来就是"禁止通行"，是"危险"。

不知道为了什么，一到那儿，楠就必须紧急转身往回走。

楠从被窝里坐起来。他的耳朵总是紧靠着水枕，再听不得吧嗒吧嗒声了。

"喂。"

叫完妻子的名字他才想起来。

自己说了"今天休息一天，让我看家好了"，妻子出门了。

楠披上放在睡衣上的妻子的短外套，起身去喝水。

没有家人的家就像别人家一样。

这是一套上下共五间房间的紧凑而整饬的房子，他忽然有些疏离感。

站在厨房里的楠意识到自己在开冰箱。拧上水龙头开关之前他还没有吃点什么的打算，现在却在打开冰箱检查里面。

我在干吗？楠一边嘲笑自己，一边不由自主地把餐具架上的小抽屉从上到下一个个依次打开检查。

家人经常往来于洗衣店、小酒馆之类的地方，抽屉里杂七杂八地放着一把橡皮筋、几支蜡烛、一个空空如也的眼药盒，还有几根火柴，等等。

楠折回茶室。

我现在做的事是在搜家。他告诉自己这真是卑劣的举动，却又很想打开壁橱看看。他想搜查妻子梳妆台的抽屉想到无法自控。一旦压抑这种情绪，他就会大喘粗气。

夫妻二人，还有一儿一女。

一个平凡的家庭。不会有什么特别的秘密。他说要留下看家，根本没想搜家。

今天是怎么了？楠心知不妙，还是有些轻微发烧吧。一独自坐在茶室里，总觉得家里的墙壁和壁橱就像串通好了有所隐瞒一般。

放任不理的话，他就会很想打开壁橱。楠爬上二楼，试图打开女儿的衣柜和桌子抽屉，心中惴惴不安。

这样的时候要是有烟就好了。

楠在半年前，历经千辛万苦，禁烟一事总算上了正轨，现在他后悔了。

他原打算精心修剪的，但用放大镜一看，指尖呈锯齿状，很不平滑。手背上的皮肤宛如从飞机上俯瞰时看到的海面，泛着细微的波浪。

榻榻米上一些有折痕划伤的地方，灯芯草开膛破肚，黍壳、草芯之类的东西从中露出来。一条条折痕组成小小的座垫形状。想来也是理所当然，但楠还是感到不可思议。

拿着查字典用的放大镜来看各种东西暂时成为了他打发寂寞的消遣。

有意思的是棉絮。

他身上所披的妻子的短外套原本袖子卷上去了一半，放下来时，楠干脆把它揪起来放在餐桌上，细细端详。

袖子上有些圆圆的、轻薄柔软的看似毛毡的东西，拿放大镜一看，原来是各色纤维聚集而成的。

它们不知道从哪儿来，又怎么钻进去的，上面有几根头发样的东西，一粒仁丹和一根红丝线绑在一起，形成一个半月形。

那个拿起来恐有破损之忧的灰色东西看上去简直就是盛开的某种花。

楠心中寻思，所谓的优昙花①，不就是这样的吗？

传说那是出现于印度一带的想象中的花，三千年一开。有人称之为吉兆，也有人称之为凶兆。

如云彩，又如鸟巢般的灰色花瓣。银色的小粒和红色的丝线根本就是雄蕊和雌蕊。

名字和长相都不记得了。

楠记得的，是那个女孩比自己小两三岁。只记得她在楠家隔壁住过半年还是一年，极短的时间。

---

① 梵文 udumbara 的音译，全音译为"优昙钵罗花"，意译为"祥瑞灵异之花"。神话传说此花生长在喜马拉雅山上，三千年一开花，开花后很快凋谢。

不，还有一件楠清晰记得的事。

女孩耳朵内侧突起的地方，总是垂着一根红丝线。

女孩耳朵内侧突起的地方有个米粒大小的瘊子。红丝线系在那个瘊子根上。

"这样系紧，过段时间瘊子就会坏死掉落了哦。"

女孩说着，展示给楠看。

"每次洗完澡，奶奶都会用新的丝线给我重系。其实得系得更紧些，可那样我会痛，怪可怜的，爸爸就说再系松一点吧。所以瘊子怎么都掉不了了。"

红丝线总是亮着崭新的颜色摇来摇去。

刚上小学的楠个头不高，隔着只是意思一下的篱笆墙看着那女孩摇晃的丝线。

"爸爸总会让我趴在他的膝盖上，扯我耳朵上的线玩呢。我都烦死了。"

女孩晃着红丝线，拍小皮球玩。打成花结的红丝线宛如一个单边耳饰。

楠远远望着女孩蜗牛般小巧的耳朵。耳朵的形状真是让人不可思议啊。左右各一个，有着相同的形状。假如取下合在一起，肯定就像两枚贝壳一样恰好紧紧相合。

楠很想摸摸女孩的耳朵。

想使劲拉拉红丝线,惹得女孩叫"疼"。

想让女孩哭鼻子。

虽说并未系紧,原本白色的米粒还是渐渐变色成了茱萸。

他好想含茱萸的果实在口中,轻轻咀嚼。好想看女孩那时的模样。

他好想瞧瞧紧挨着小小的茱萸果实的耳洞。那里面是什么样的呢?

"又摸耳朵了?"

听到母亲高声大喊是在扇耳光之前还是之后来着?

摸自己的耳朵是楠当时的毛病,不知为何,母亲这时必会痛打楠。

或许是因为弟弟真二郎因患中耳炎而医院家里两边跑的缘故。

真二郎从耳朵到脑袋都缠上了绷带。妈妈跟邻居说是"玩水时水进了耳朵",跟楠也是这么说的,如此说来,那难道是场梦吗?

好像是晴空万里的走廊里。家里没有一个大人。

楠从厨房拿来廉价的大火柴盒,意欲窥视一下隔壁女孩的耳洞。

就在稍早些时候吧,家里的澡盆坏了,楠和父亲一起去过外面的澡堂。

走到澡堂前,楠紧握在手里的自己那份洗澡钱掉进了水沟里。

父亲从袖兜里拿出火柴，擦亮一根，举到水沟上照亮。是洗澡水也在流动的关系吧，掉落的洗澡钱在散发着硫磺味、飘着水垢的半透明的水里发出微弱的光。

楠凑近擦亮火柴，太暗了，看不清楚。他又擦亮一根，把火柴的火苗稍微往耳洞靠了靠。要是烧到了红丝线就不得了了。

楠小心翼翼地把火苗拿近，红色的火苗倏地一下被吸进了耳洞。

真二郎被火点着了似的大哭，火柴的火消失了。

为什么真二郎会哭呢？

为什么哭的不是女孩，而是弟弟真二郎——

楠双手打开茶室壁橱的门，依次抓住里面手碰到的每件东西，并把它扔出来。

他抽出衣柜的抽屉，抽出梳妆台的抽屉，把里面的东西一股脑儿倒出来。

他体内灼热轰鸣的东西喷薄而出。

如果不动，他就会发出野兽般"嗷嗷"的呻吟声。

真二郎的外号叫"维克多"。

那是唱片公司的商标①，一条歪着脑袋的黑白斑点狗。

---

① 指美国维克多唱片公司。

真二郎一只耳朵听起来吃力,所以听人说话或听音乐时,好使的那只耳朵会朝向声音的方向。自然而然地和那条狗姿势相同了。

那是上几年级时的事来着,开始用一本新本子时,弟弟把名字写成了"维克多楠"。

全家哄堂大笑,可一起笑着的母亲撞开同样在笑的楠,一把抱紧真二郎哭了起来。

被母亲抱在怀里动弹不得的真二郎拼命挣扎:"干吗呀,疼啊。"那难道不是对哥哥楠说的话吗?

"维克多"对升学和求职都产生了微妙的影响。

一流大学,一流公司,从一开始就都与真二郎无缘。似乎对他的性格也产生了不良影响,他有些缄口讷言,执拗乖戾,和交往的女孩也无法顺利进展,成家立业已是年近四十之时。他迎娶的妻子一条腿跛,尽管极其轻微。

楠爬上二楼。

他进入儿子的房间,打开桌子抽屉。里面躺着一本包着塑料皮的色情杂志。随身听在书架上,耳机扔在地上。

他冲进女儿房间,手刚要碰到桌子抽屉,脚底便一阵剧痛。

好像是个图钉大小的金色饰品。一个七厘米长短的针样物件凸出来。楠随即知道那是只耳钉,耳朵上穿小洞用的耳饰。

就在半个月前，知道女儿瞒着父母在耳朵上打了戴耳环用的洞，父女俩在餐桌上大吵了一架。

"现在正流行呀。大家都打了。"

女儿辩驳。

"那要是大家都杀人抢劫，你也干了？"

你一言我一语，楠也不让步，两三天不和女儿搭腔。

"这会儿再喊，也不能把洞堵上了。现在就是这世道嘛。"

妻子居中调停，慢慢劝解，此事方才告一段落。可现在脚底一疼，一看到渗出的血，楠就全身发热，怒不可遏。

他气势汹汹地打开抽屉，搭眼看到一只女用打火机，里面还有烟。

楠叼着烟，用打火机点着。

他的手抖得非同寻常。

大概是有半年没抽烟的缘故，还是因为又发烧了，他感觉头晕目眩。

晕眩中他打开其他抽屉，把里面的东西扒拉了一遍。女儿甚至还有漂亮的烟灰缸。

楠站在那里抽烟。

烟有点潮，楠眼睛湿润，流出眼泪。

"爸爸，你干吗呢？"

冷不丁有人大喊。

女儿从大学回来了。

"不声不响地进别人房间，就算是父母也太过分了啊。"

楠回过神来，迎头一个巴掌扇向反唇相讥的女儿脸上。

"你还有脸抱怨？这是什么，这个。"

楠也深知，点着的香烟和打火机摆在眼前，女儿又指出被踩坏的耳环和他脚底的伤，自己也不占理。

晚一步回来的妻子看到二楼和下面都一片狼藉，呆住了，尽管如此，当着孩子的面，她还是一边言语袒护丈夫，"爸爸不光感冒，血压也高上来了吗？"一边有些不快地窥视楠的脸色。

塞满冰块的冷水枕在耳朵下面发出咯吱咯吱的声音。

冰块角与角之间相互碰撞，相互挤压。互不相让，你争我夺。

刚才那股微温的橡胶味消失了，徒留耳朵针扎般的麻木。

爸爸和妈妈很早以前就走了。

关于那天火柴的火苗，已经没有可以询问之人。

楠算算积攒下来的带薪休假天数，打算近期休个假。

真二郎在北海道开了家小店，制作奶酪聊以度日。

这四五年忙忙碌碌，他们一直没有碰面，时隔良久，去看望一下他吧。

见了面,也无非是哥哥在火炉旁默默饮酒,弟弟摆出一贯的"维克多"姿势默默观看窗外的雪花。

也尝试过交流,"聊聊住在隔壁的那个耳朵上垂着红丝线的女孩吧"。

那时真二郎只有四岁。

"不记得了。"

真二郎肯定会歪着脑袋,身体倾斜着如此回答。

然后如何继续呢?语言和岁月一起冰冻,冷水枕冰麻了的脑袋什么都想不出来了。

花 的 名 字

把剩布做的小棉垫铺在电话下面时说"什么啊,这是"的,是丈夫松男。

"我没坐垫还不是一样活得好好的。"

在机械业界小有地位的他毫不掩饰傲慢的口气。

那是因为电话直接放在桌上的话,铃声响时声音粗暴刺耳。这话常子差点说走嘴,好在危急关头她及时把它吞回了肚里。在丈夫面前,迟钝和粗暴已然是禁忌词汇。

这年冬天,常子第一次知道什么是腰腿发冷。大概是因为这样,每当看到电话赤裸裸地放在树脂加工的白色桌台上,常子总会半开玩笑地说,觉得屁股冷飕飕的呢。松男对此充耳不闻,用浴巾擦着背走进里屋。

眼看年届五十,松男宽厚的背部仍然光滑紧致。他的身体似乎又厚了一圈。

年轻时不是这样的。

夫妻俩称不上吵架，但偶有拌嘴时，一看形势对己不利，丈夫就露出瘦削的肩膀，拖着粗重的脚步声走进卧室，那背影像在说："这是怎么了？"

那样的夜晚，被窝旁必定伸过一只手来。松男是个急性子，一定要不等隔夜就有个定论，自己占回上风，否则不肯罢休。黑暗中被猛力挤压时，常子总会想起登载在报纸一角的相扑星取表①。松男一言不发，在常子左耳处吐出屏住的呼吸，忽然间身体变重，在他的四股名②上标上表示胜利的白星后便呼呼睡去。

耳边传来《君之代》。

是隔壁人家的电视发出的声音。不知为何，他家似乎一定要听到吹奏国歌才关电视。

已是大学生的儿子和女儿不知道在哪儿干吗呢，还没回家。觉得电话铃声震耳、尖锐、沉重，要垫上小棉垫，正是常子时常独自等待家人回来的证据吧。一家四口齐聚一堂饮茶时，听不到隔壁的《君之代》。

给电话机垫上小棉垫以后，常子发现自己出于某种心情，有些期待别人来电话了。铃声明显变成了圆润柔和的声音。为了弄清这

---

① 相扑比赛中，用黑白星星标记胜负场数的表。
② 相扑力士的艺名。

种变化,较之打电话,常子更喜欢接电话了。

而且这段时间,每次电话响起都有好消息。传达长子找到工作和丈夫荣升经营管理部部长消息的都是电话。购物丢掉的妈妈的遗物钱包,虽然里面的钱被掏空了,但钱包本身找到了,传达超市店员通知的也是沉稳的电话铃声。

常子在厨房削土豆皮。去年产的旧土豆处处长满了芽。常子用菜刀刀尖剜着土豆芽,想起了妈妈第一次教自己握菜刀的方法时的事。那时削的的确也是土豆。

"土豆的芽有毒哦。"

妈妈好像说过,土豆芽和薄荷一起吃会死人的。常子吃着咖喱米饭和炸肉饼,意识到自己白天在外面吃了薄荷糖豆,一时心慌不知所措,那是什么时候的事来着?

茶室里的电话铃响了。

常子对于这温柔的声响十分满足,心情愉快地应着,一路小跑过去接起电话。

她声音清脆地报上姓名后,里面传来一个初次听到的女人的声音:"是太太吗?"

"您是哪位?"

对方一阵沉默后回答:"一直以来承蒙您先生照顾。"

这下轮到常子沉默了。

不会吧……果然……

两种切身感受就像理发店门前的红绿螺旋棒，在她脑袋里咕噜咕噜回转。

女人说，希望能和您先生私下会面，他今天接下来能腾出时间来吗？这话听起来就像与己无关一般。

漆黑延伸的电话线尽头一片黑暗，那片黑暗中坐着一个女人。模样和身材都看不清，和自己一样拿着听筒坐着。年龄约是常子的一半吧，或许更小一些。似乎不是个普通人。

常子发觉自己手指揉来搓去把玩的小棉垫四角垂下的红色装饰丝线已经沾染了油脂，微微发黑。一个月还不到，怎么就变成这么惹人烦的颜色了呢？

常子和女人约定傍晚在宾馆大厅碰面。

"我还不知道你长什么样……"

常子一说这话，女人轻轻笑道："我知道。"

她怎么会知道的呢？丈夫给这女人看过家里的照片了吗？常子腋下汗津津的。

最后询问女人姓名时，常子再一次哑口无言了。因为听到她说是"常子"。常子不由想到丈夫和与自己名字相同的女人……不过她马上知道自己理解错了，女人名叫"石蕗子"[1]。她对追问的常子

---

[1] 在日语中，"常子"与"石蕗子"读音相近。

说:"石蕗花的那个石蕗。"

"写作'石蕗'?"

"不,就是用平假名写的。"

挂断电话,常子原地静坐了好一会儿。从土豆上沾的淀粉在黑色话筒上留下了白色指痕。

然后,常子忽然感觉有些怪异,她笑得前仰后合。那是在发觉女人的名字和花的名字相同这件事后。

结婚之前,松男对花的名字几乎一无所知。

樱花、菊花和百合。

他知道的仅止于此。细问下来,就连这三种也很含糊。

"只对樱花有把握。那是我们初中的校徽。"

松男自吹自擂道。可一问樱花和梅花的区别,他的回答又模棱两可了。

"要放弃了吗?"

常子回到家一声叹息。

今后漫长的一生都要和一个对于什么花开什么花落都漠不关心的男人共度,这对二十岁的常子来说是很凄寂的事。

不只是花名的事。

然而,常子的妈妈突然对这段姻缘热衷起来。

她说，这样的男人更能让妻子幸福。

"看看你父亲。"

常子的爸爸说得好听点叫为人风雅，说白了就是样样通、样样松。每次买来鱼，他总是趁鲜做成刺身。系个礼品绳之类的，爸爸远比妈妈在行。而且他在女人的衣服方面也所知甚多，甚至连挑花色也很擅长。说起甜言蜜语来想必也是高手，虽说在工作上不见有所作为，但好像在常子还不记事时就已经和小女孩过从甚密。

在妈妈催逼之下和松男下一次见面时，松男自言自语道："我有所欠缺吧。"

常子抬头看着这个站在旁边比自己脑袋大一倍的男人。

他从小就是在父母念叨一进名校就能成第一的声音中长大的，脑子里只有数学和经济学原理。走路直视前方。

"结婚之后请去研究花吧。请教教我。"

常子一听，差点就要扑入松男怀里。她这个女人居然忍住了内心的冲动，可松男肌肉隆起的手马上握住了常子的手。

可以的话，我会教给你。

花的名字、鱼的名字、蔬菜的名字，都教。

松男遵守了承诺。

蜜月旅行一回来，常子就拜了家附近的花道师傅为师。

每周一次的练习日那天，松男路上不绕圈，径直回家。晚饭也是草草了事，让常子当着自己的面施展当天所学的内容，盯视的眼神俨然如站在手术台边的实习生。"这是什么花？"他反复询问到甚至有些执拗。

花道练习日晚上，松男必定以粗暴的姿势抱起常子。新婚阶段还没发觉，可婚后第五年，一个偶然的机会，常子看到丈夫的笔记本才知道了一件事。

松男当天把跟常子学来的花的名字都做了笔记，比如：

三月×日　喇叭水仙（黄色）
　　　　　麻叶绣线菊（白色）

而且当天最后一栏标着一个记号。写着"行动"，用框框起来。追溯以往翻查来看，几乎无一例外都有标注。

丈夫有一次兴致高昂地深夜回来。

原来是上司邀请众人到家中做客，唯有松男说中了夫人插在壁龛里的花是深得内行喜爱的插花用材。

上司夫妇说对松男"刮目相看了呢"，松男一再重复，并且双手扶住榻榻米对常子说："多亏了你。"

还是她第一次看到丈夫因为被上司赏识而意气风发的样子。常子心中不无淡淡的失望之情，原来这个人也有如此世俗的一面。

"多亏了你，我能活得像个人样了。"

丈夫对自己这样说时，常子并未反感。

也有种等待接受熄灯后丈夫的粗暴举止的心情。

不知道那晚是不是原因所在，之后常子流产了。如果生下来，那就是第三个孩子。

日常琐事都是妻子所教，松男形成了对于当晚所学知识有所回报或者回应的习惯，这习惯在那段时间不着痕迹地变少了。

松男原本是个严守时间和规则的规矩人，或许流产对他是种打击。

也已经再无教给他什么的必要了。

鲈鱼和鲻鱼的不同。鲅鱼和鲳鱼味道的差别。菠菜和油菜、鸭儿芹和水芹。

他连这些都能区别开来了。

他已经知道所谓狗，不只是有"狗"这一种动物，其中有秋田犬、土佐犬、柴犬，有牧羊犬，有大丹犬。

但是，习惯是种恐怖的东西，常子已经养成了强迫丈夫复习的腔调。

松男也一边说"烦死了，我知道呀"，一边分辨："长得像狸的是暹罗猫，长得像狐的是波斯猫嘛。"

"说反啦。"

细致之处还是常子技高一筹。

只有这件事还和二十五年前相同，假如常子不开口，松男到什么时候都还是穿着冬装大汗淋漓。他穿着常子拿出来的衬衣说："我不懂颜色。"

他系常子为他选的领带，婚丧嫁娶的应酬和受托做和事佬时的寒暄也都照着常子所说的来。

大女儿嘲笑松男是个"细节白痴"，但除此之外，他还算是个一般的父亲吧。

有工作能力，出人头地也比别人早，"正经"这个词前面还占了个字面意思不怎么好的字"假"，常子一向以为逢场作戏没有关系。

可是，他有女人了。

那女人有个花的名字。丈夫被那个女人吸引，恐怕是名字的关系。

"教他的价值何在？"

常子念叨着，又一次放声大笑。

笑得很勉强。

回来拿球拍的大女儿问道："妈妈，你怎么了？"可其中原因她并不能对女儿讲。

要去和那女人约定的地方，跑趟美容院的时间是没了，继续削完土豆皮的空儿倒是还有。

妈妈从前说过，微红的土豆芽有毒，吃了会死人的。常子剜出好大一块，大到自己都有些讶异。

名叫石蕗子的女人三十出头，好像是家二流酒吧的妈妈桑。着装、化妆都很质朴，落落大方，不乏风姿。

怀孕了？还是来要分手费的？或者有什么更深层次的谋划？来的路上，常子左思右想，越想越胸闷，怎么都难有推断，一出门就多少有些不战先败。当她发现似乎自己所想的统统不对时，有些沮丧。

被问及来意时，这女人把玩着咖啡杯的把手只说了一句："只想请您记住还有这么一个人存在。"然后望向了宾馆院子里的瀑布。

沉默也无法解决问题，于是常子聊起来："想必您也知道，去年我们迎来了银婚。"以及有个已经面临求职、结婚的孩子的事。虽然不知道老公在外面交往了些什么人，但他对内对外还是有分寸的。

石蕗子一句话也不说。

"叫石蕗子，很少见的名字呢。我老公肯定马上问是否取自石蕗了吧。"

如果对方回答是，常子打算说说从前的事。花的名字是我教给他的哦。

然而并非如此。

"不，是别的。"

石蕗子不疾不徐地回答。

"说起这个，您先生后来还说，当初你母亲是不是孕吐很严重啊。"

她笑的样子很招人喜欢："没有一个怀孕的母亲会取出那样的名字吧。"

石蕗子还说了另一件出人意料的事。

丈夫在酒吧里说起常子时都是称呼"我家老师"。

"我家老师……"

"他说您无所不知呢。我正相反哦。我是出了名的笨呢。"

常子注意到这女人衣着宽松，说起话来以及搅动勺子的动作都慢条斯理，让人觉得稍微有点慵懒，或许是在演戏。假如果真如此，真正可怕的正是这一类型的女人。

本应无所不知的常子结果一无所知，和石蕗子分摊咖啡钱后回家了。

那天晚上，丈夫和孩子们都回来得很晚。

常子独自坐在茶室里，内心深处像水咕嘟咕嘟沸腾翻滚一般亢奋不已。

说"我有所欠缺"，说"请教给我""多亏了你"，双手扶在榻榻米上又算什么呢？

日记本里标注的丈夫的记号中蕴含着怎样的心情呢？

丈夫回来了，表情与平时无异。

常子咽下想要逼问的话，问道："石蕗花，你可知道？"丈夫一嘴酒气，不耐烦地回答："石蕗吗？是种黄色的花吧。"

"叫石蕗子的人，你可认识？"

丈夫为了堵住常子的嘴说："最近看不到了啊，那花。"

常子冲着钻进里屋的丈夫后背追了一句："来电话了哦。那人，究竟……"丈夫停下了脚步。

"都结束了啊。"

就这样走了。

丈夫身体看上去又厚了一圈。那个背影说："这是怎么了？"

给他教授事物的名称，还得意于它们派上了用场，都是自己骄傲自大。记忆中过去的确也施过肥，但小苗不知不觉间已经长成了参天大树。

花的名字。这是怎么了？

女人的名字。这是怎么了?

丈夫的背影如是说。

二十五年来,女人的标尺没有改变,而男人的刻度变大了。

隔壁人家传来电视里《君之代》的声音。

Doubt[①]

　　不能走出病房。盐泽也知道，替换的人没来之前绝不能离开病人左右。

　　单人病房的病床上鼾声如雷地睡着的，正是前些日子刚庆了喜寿[②]的父亲。他三天前脑溢血发作倒地，持续昏迷不醒。医生刚告诉盐泽要做好思想准备，由于是再度发作，这次很难痊愈。医生说，就这个年龄来说，父亲的心脏还算健康，今晚半夜到黎明大概是个坎儿，因此妻子难以等到盐泽下班，就回家准备去了。说白了，就是准备丧服和葬礼。

　　该让父亲见见的人都见过了。他原来就性格狷介，丧偶之后变本加厉，一年前，身体因第一次发病落下残疾之后，他更是极端厌恶与人交往了。病房里的鲜花和探病礼品也都是看在盐泽常

---

① 扑克牌游戏的一种，双方持有相同数量的牌，扣着牌面按照数字顺序依次出牌，先出完者为胜。西方名叫"Bullshit"，传到日本后名为"Doubt"，由该游戏的别名 "I doubt it" 而来。相当于中国扑克游戏中的"吹牛"。
② 77岁寿辰。

务董事的头衔面子上送来的礼节性的东西。

窗外已是淡灰色。

灰色变深，不大一会儿即将一片漆黑。爸爸就像在玩周边天色渐深的时间和生命的占阵游戏。

身为儿子，定要尽力阻挡死神的脚步。陪伴床前义不容辞，但待在房间里却有些忍无可忍。

原因在于臭气。

从爸爸的嘴里冒出的臭气。

即便没了意识，爸爸的胡子还是见长，嘴巴像是关节脱臼一般大张着，白色柴火枝杈般的胡子失去了光泽，在嘴巴周围微微颤动。

气味从那附近扩散，充斥着整个房间。

按说父母的气味，儿子在厌恶之中可以找出留恋，尚可勉强接受，这就是所谓的父子之情吧。可爸爸那股味儿不只是病人特有的口臭，还有其他内脏的气味。

无论从哪个角度来说，爸爸都是个淡泊之人。

从小学校长的位置上退下来后，他仍然坚持在教育领域耕耘，酒也仅限于应酬程度小酌几杯，从不滥饮。

"再没有像你爸这样刚正自制的人了。"

母亲这么说过。母亲和爸爸正相反，寻个借口，晚饭时就想喝上两盅。她说爸爸从年轻时起就没什么脂肪，这个说法出人意料地隐约透出她心中认为拥有一个作为男人堪称寡欲的丈夫让人寂寞的心情。

爸爸原来就很消瘦,到了晚年更是形销骨立,似乎一折就会喀吧一声。如果在走廊里和他擦肩而过,不论形体还是气味,爸爸简直就是一根烟囱。

难道这人身上某个地方会发出野兽似的臭气吗?难道人非要吐出这种讨人嫌的东西才死吗?

盐泽觉得或许爸爸会比医生预计的走得还"早"。不能离开座位。平时盐泽走亲串戚都被众人视为有出息又懂事的长子。就算为了不负这名声,此刻他的视线也绝不能离开爸爸。

可是,那股味儿实在令人难以忍受。

刚才妻子和盐泽前后脚一进一出,借口回家收拾,匆忙出去,实际上也是受不了这股味儿吧。

是晚报送到医院小卖部的时间了。

前些日子,关联公司一个相识的董事因行贿嫌疑被报纸曝光,一定要好好看看晚报消息。

盐泽心知晚报只是个借口,走出了病房。

当他用污黑的双手抱着油墨味儿返回病房时,爸爸的呼噜声停了。盐泽手指按上呼叫铃的时候,比为爸爸去世哀痛更需考虑的是,盘算下如何向妻子和亲戚掩饰爸爸临终时自己不在身旁这件事。

盐泽仿佛闻到了自己厌恶的那股气味，用尽全力按下呼叫铃。按铃的同时，他发觉那味儿竟然离奇地消失了。

"小乃武怎么办？"

妻子一边通宵一一通知亲友葬礼日期，一边探视了一下盐泽的表情。

名叫乃武夫的，是盐泽的表弟。

"不该由我们来通知吧。"

"可是，小乃武和别人也没有往来了啊。"

"不是再叫'小'的年龄了啊。"

"比你小一旬，是哦，小乃武都三十五岁了呢。"

"正当壮年的，整天晃晃悠悠不务正业，谁都看不起呀。"

"晃晃悠悠"是已然仙逝的爸爸的口头禅。

数数亲友之中，有那么一两个入不得正席的，乃武夫就是其中之一。因为他从未有过一份安定的工作。

听说他上大学也只是走形式似的上过，没几天就退学了，后来每次露面，不论住所还是工作都在变。

说是在演艺公司做经纪人，倒是也拿出贴有不知名的演员面孔和泳装照片的相册给大家看过。

说是在做"Anya",还以为是种点心的名字呢,结果据说这工作是在"案屋"①思考电视广告中看到的那些礼品的创意,带去跟客户讨论,最终双方相互磋商达成方案。

每次换工作,好像女人也换一茬。似乎还有过一段时期被包养了。

原以为他会衣着寒碜,形容落魄,没承想突然送来了一大箱极品螃蟹。写封谢函过去,却因收件地址不明被打了回票。

"不过呢,爷爷挺疼小乃武的。"

"想这么叫你就叫吧,反正我挺烦的。"盐泽把这话咽回肚里,解开贺年片上的礼绳。

乃武夫在亲戚女眷中颇有人气。

并非什么英俊不凡的帅哥,但或许是哄女人开心的本事一流,不起眼的小动作中有些讨得女人欢心的东西吧。

只要乃武夫在,必定满座鼎沸。女人们都变得开朗活泼,巧笑倩兮。

那是什么时候来着,有次乃武夫正和盐泽的妻子在茶室聊天,大女儿参加完朋友的结婚典礼回到家中。女儿和母亲一样奉行节俭,一回家会马上脱下盛装换上便服,以免弄脏,唯独那天晚上,

---

① 即创意公司。日文"案屋"读作"anya"。

乃武夫在家逗留期间，女儿并未更换衣服，一直身着盛装拿蛋糕饮茶。

给这男人展现好的一面有什么好处？盐泽心中不快，当他回过神来，发现如此反应的不止大女儿一个。

乃武夫说过自己喜欢吃咸鲑鱼肚子上的那块肉，这话说来已是好几年前的事了，可妻子一直牢记在心："小乃武比较喜欢烤半熟的对吧？"

喜不自禁的心情在声音调门上表露无遗。

盐泽也爱吃鲑鱼肚子。最好的部分跑到了那人嘴里，他不由得怒火中烧。

而且妻子一边摆弄茶筒一边随声附和乃武夫的话。

漆黑的茶罐上映出面庞，妻子偷偷用手指肚按住鼻翼附近冒出的油脂的动作难逃盐泽的法眼。

"一提小乃武，你就当成眼中钉呢。"

"那倒不是。要是再有之前那种事，能不烦吗？"

"之前——是老家的葬礼的事？"

"都是亲戚一场，因为钱的事闹纠纷，怎么能原谅啊。"

"可并没有当场抓住吧？"

"不会有其他人做这种事了啊。"

说的是大约两年前，老家的葬礼上少了差不多五万日元的奠礼钱的事。

出事前后，乃武夫确实进进出出好几趟。他貌似大大方方地谈天说地，其实看上去手头并不宽裕，线香空有个气派的外盒，其实里面的香是廉价货，焚起来会污浊了杯中茶。也有传言说他跟亲戚中据称有些小钱的寡妇借钱，被拒绝了。

盐泽担任了这场葬礼的葬仪委员会委员长一职，怒气冲冲地要检查乃武夫所携之物，但被妻子和亲友女眷们阻止了，她们说不该在佛前令血脉相连的人蒙羞吧。

盐泽难以苟同，他记得自己相当露骨地讽刺了乃武夫，可后者脸不变色心不跳，还召集起年轻的女孩和孩子们，灵巧地驾驭自己纤长的手指，为大家演示列队进行舞。

乃武夫被香烟染成茶色、如同削葱的手指俨如舞者的双脚般整齐地时上时下，然而盐泽觉得极其不雅。

"多少顾忌一下场合好不好！"

他记得自己话到嘴边，还是忍住了。

坐在丧主的位子上，盐泽心满意足。

丧父却满足，听着似乎大逆不道，但平心而论，正是如此。

总务科的同事全体出动，从灵台布置到安排守灵、告别仪式，无不尽心尽力。一切的一切都和自己常务董事长的职务相得益彰。

上得了台面的亲戚都露面了,朋友们也都前来凭吊。

盐泽一方面为自己适可而止地做戏、展现出失去骨肉血亲的悲痛和豁达的一面感到内疚,同时又觉得,咳,不就是那么回事嘛。

守灵也好,结婚典礼也罢,人生节目的各种仪式中都伴随着或多或少的演戏成分,无需耿耿于怀、为之烦恼。

大得发傻的寿司桶被送到后门,就是在这个时候。

只听说是有人从站前的大型寿司店买的,拜托店员送来二十人份极品寿司,而且只留下送货地址,付了钱就走了。盐泽和妻子面面相觑。

肯定是乃武夫。

他抖起威风来向来是这种做法。

他本人会比寿司桶晚一步亮相,放风引逗的戏码。

"又不是巡回演出大戏,装腔作势打前站的就免了吧。"

盐泽本想这么说他,可回过神来,孩子们的手已经伸向了寿司,他严厉的话很难说出口。

果不其然,乃武夫随后就到。

"这次好像没事哦。鞋子和西装都是新的呢。"

妻子在耳边报告。

盐泽对妻子说:"盯紧点。"

"要是再有之前的那种事,丢人的是我哦。而且是在公司同事面前。"

盐泽不计后果高声说道,被妻子责备了。

乃武夫摆出一本正经的神情,向盐泽一鞠躬,走到灵台前,供上奠礼,认认真真地烧了炷香,双手合十,吸吸鼻涕。

盐泽对此很不满意。我身为长子都没掉泪,哪里轮得到你一个情浅缘薄的人跟真事似的装模作样。

这个男人一直以来都是用这一招处世谋生的吧。对于始终迎合他人心意、为讨他人喜欢而行动的招数,他已驾轻就熟。如此想来,就连乃武夫黑色的西装上出现的细鳞状编织花样都让人生气。

乃武夫凑到盐泽身边,表达哀悼之情。盐泽闭着眼睛,深深吸进一股香火味。现在这间房子从厕所到厨房的地窖盖板下面,全都弥漫着香的气味。

玄关处一阵骚动。

"看到鲸冈董事的夫人了。"

"嘘"地打断这话的人小声说:"前董事,前董事。"

"称呼她鲸冈夫人就可以了吧。"旁人嘟囔着应和。

来者是大约半年前去世的原董事长鲸冈的遗孀。

鲸冈一年前马失前蹄,让位于盐泽。之后因为失意,有些神经兮兮的,因为酗酒和安眠药服用过量,半年前突然死亡。

当时料理葬礼事宜的正是盐泽。

个子小巧的鲸冈遗孀，在表示哀悼的同时，再次谢过盐泽当时周到的处理，并道歉说"没能像您那样，我没能尽上一点力"后回去了。

乃武夫在起身送别的盐泽身后念叨："鲸冈。"

听起来像是在回味什么，话中富含深意。

那时，乃武夫果然还是在场的。

那话让他听到了。

盐泽觉得好像被人从背后捅了一刀。

盐泽发觉自己心中有个小小的黑色萌芽。

如果没人看着，他就会违反限速。假如确定绝对安全，他也曾收受过小额贿赂。出差在外沾花惹草不以为耻的事也不止两三次。

一方面，他也讨厌自己身为一个众人眼中的成功人士，背地里还有这样一面；另一方面，他又自欺欺人地想，人不就是么回事嘛，这种事谁都会做的啊。

可是，唯有一件事，盐泽不愿记起。

当时为什么做了那种事呢？盐泽自己也无法说明，回过神来时，他正在拨会长别墅的电话。

那是个夏日的夜晚。妻子和孩子们没叫自己去看戏。

话筒另一端传来会长嘶哑的声音时，盐泽用手中的手帕捂住嘴，伪装声音告了鲸冈的黑状。

收取同行贿赂盖房子的事。

男女关系不清。

单方面挂断电话放下话筒时，盐泽觉察到家里有动静。

乃武夫在厨房喝水。

"进来时从玄关进呀。"

盐泽自己都知道声音在颤。

"大家都不在吗？"

听到乃武夫无所顾虑的声音，盐泽松了口气，但他还是听到了。

"喂，听说小乃武的奠礼有五万哦。"

妻子好像在远处说话一样。

盐泽一边在灵台前守灵，一边勒索乃武夫。

公司同事都退场了，剩下的只有血脉相连的亲人。因为定日子的关系，需要通宵两晚，或许都累了，几乎所有人都睡着了，睁着眼的唯有盐泽和乃武夫，以及打着瞌睡陪伴的妻子。

盐泽借着酒劲，越说越来劲。

奠礼五万，就你的水平而言是不是太多了？还是说是想赎什么罪呢？

盐泽是在含沙射影地说之前老家的葬礼时出现奠礼小偷的事。乃武夫挠挠头："因为给您添了很多麻烦哦。有能力时怎么可以不有所表示呢。"他只顾和盐泽推杯换盏。

"我不喜欢周六借小钱的男人。中间夹着个周日，净想着分期还上一星半点的蒙混过关。要借应该索性周一跳出来借嘛。"

"先有拿得出手的名片再来我家进进出出！"

那天晚上他到底听到自己伪装声音告黑状了没有呢？盐泽为了试探乃武夫，除了激怒他之外，别无他话可说。

扑克牌有种名叫"Doubt"的游戏。

这是个按照牌面数字顺序出牌的游戏，当怀疑对方的牌时，就大叫"Doubt"。

如果牌是假的，对叫"Doubt"的人有利，要是没说中，则会有很大的风险。

"还有脸侃侃而谈大道理，自己又算怎么回事啊。"

倒不如他这样点破，心中的一块大石才能落地。

那天晚上的事只要泄漏半句，盐泽就会威信扫地。妻子肯定会鄙视自己，与其担惊受怕地猜忌度日，不如干脆点破更痛快。

可是，乃武夫顾左右而言他地避开了，大醉而眠。

教给盐泽"Doubt"这个扑克游戏的，是死去的爸爸。

盐泽从小就很善于识破"Doubt"。况且爸爸始终是那种死心眼的性子，常常上当。盐泽明明出的是正确的数字，爸爸偏喊"Doubt"，自然输掉。

盐泽小学二年级还是三年级暑假时，曾在昏暗的立川站白白等了一个小时。

太阳从西边出来，爸爸带盐泽去奥多摩钓鱼，回来时在检票口被拦下。

"你在这儿待着。"

盐泽独自坐在长凳上。

遭蚊子咬，他腿脚发痒。

一直等到厌烦，爸爸才走出站长室，一下老了几岁。

他一言不发地走在前面出了检票口，默默地带盐泽吃了鳗鱼盖浇饭。盐泽发觉爸爸是因蹭车坐被拦下的。盐泽知道不能把这事告诉妈妈和弟弟妹妹。

然而爸爸起了疑心，怀疑盐泽告了密。或许是心情作怪，爸爸不再像从前那样敞开心扉疼爱盐泽了。

乃武夫靠在灵台旁睡着了。

这个男人当真没听到那声音吗？

还是说听到了,装出没听到的样子给我看呢?

吊儿郎当混天撩日的这个男人身上有那么一点我无法做到的纯净吗?

"Doubt。"

再说多少遍,假如不把牌反过来也是无计可施。

爸爸那天晚上在年幼的盐泽面前,留给他一个似乎瘦削了许多的背影,走出了检票口。那天的情景在盐泽脑海中复苏。

堪称正人君子的爸爸身上有着那晚的污点,而我也再次……

爸爸濒死之际吐出的内脏味儿,也正是自己的气味。说不定哪一天,自己生命最后的腐臭气息也会同样被这个男人闻到。

厌恶和眷恋同期而至,盐泽添上将断的香火,点着了新的线香。

本书收入了刊载在《小说新潮》从昭和55年（1980年）2月号到昭和56年（1981年）2月号上的十三篇作品。

付梓之际因为题目的关系，重新洗乱了十三张牌的顺序。

将《棉絮》改名为《耳》。

作者

短经典精选系列

走在蓝色的田野上
〔爱尔兰〕克莱尔·吉根 著 马爱农 译

爱，始于冬季
〔英〕西蒙·范·布伊 著 刘文韵 译

爱情半夜餐
〔法〕米歇尔·图尼埃 著 姚梦颖 译

隐秘的幸福
〔巴西〕克拉丽丝·李斯佩克朵 著 闵雪飞 译

雨后
〔爱尔兰〕威廉·特雷弗 著 管舒宁 译

闯入者
〔日〕安部公房 著 伏怡琳 译

星期天
〔法〕伊莱娜·内米洛夫斯基 著 黄荭 译

二十一个故事
〔英〕格雷厄姆·格林 著 李晨 张颖 译

我们飞
〔瑞士〕彼得·施塔姆 著 苏晓琴 译

时光匆匆老去
〔意〕安东尼奥·塔布齐 著 沈萼梅 译

不中用的狗
〔德〕海因里希·伯尔 著 刁承俊 译

俄罗斯套娃
〔阿根廷〕比奥伊·卡萨雷斯 著 魏然 译

避暑
〔智利〕何塞·多诺索 著 赵德明 译

四先生
〔葡〕贡萨洛·曼努埃尔·塔瓦雷斯 著 金文彰 译

房间里的阿尔及尔女人
〔阿尔及利亚〕阿西娅·吉巴尔 著 黄旭颖 译

拳头
〔意〕彼得罗·格罗西 著 陈英 译

烧船
〔日〕宫本辉 著 信誉 译

吃鸟的女孩
〔阿根廷〕萨曼塔·施维伯林 著 姚云青 译

幻之光
〔日〕宫本辉 著 林青华 译

家庭纽带
〔巴西〕克拉丽丝·李斯佩克朵 著 闵雪飞 译

绕颈之物
〔尼日利亚〕奇玛曼达·恩戈兹·阿迪契 著 文敏 译

迷宫
〔俄罗斯〕柳德米拉·彼得鲁舍夫斯卡娅 著 路雪莹 译

奇山飘香
〔美〕罗伯特·奥伦·巴特勒 著 胡向华 译

大象
〔波兰〕斯瓦沃米尔·姆罗热克 著 茅银辉 易丽君 译

诗人继续沉默
〔以色列〕亚伯拉罕·耶霍舒亚 著 张洪凌 汪晓涛 译

狂野之夜：关于爱伦·坡、狄金森、马克·吐温、詹姆斯和海明威最后时日的故事（修订本）
〔美〕乔伊斯·卡罗尔·欧茨 著 樊维娜 译

父亲的眼泪
〔美〕约翰·厄普代克 著 陈新宇 译

回忆，扑克牌
〔日〕向田邦子 著 姚东敏 译

摸彩
〔美〕雪莉·杰克逊 著 孙仲旭 译